W0281567

IL FALLAIT RETROUVER NADIA

Jean-Claude FARENC
Michel KIEFER
Laurent IVES

6 MAINS ÉDITIONS

Des mêmes auteurs :
IN LIBER LIBERTAS • Roman (2019) • 6 Mains Editions

https://www.facebook.com/Editions6Mains/

« Je pense avoir tué
quelqu'un qui n'existe pas !
Et c'est ça qui m'obsède. »

1

Janvier 1982.

L'horloge de l'auberge sonna une heure du matin. Georges Crépin se dit qu'ils avaient vraiment exagéré ce soir.

– Houlà ! Faut que j'y aille ! bafouilla Emmanuel Delpoux avec une articulation cotonneuse que ses amis ne lui connaissaient pas.

– Tu crois vraiment que tu es en état de conduire ?

– Quoi ? Qu'est ce tu veux dire ? Tu veux sous-entendre quoi avec tes... avec tes sous-entendus ?

Il se rendit compte qu'il n'arrivait plus à formuler clairement ses idées et prit une grande inspiration pour tenter de faire bonne figure.

– Attendez, les gars, reprit-il avec un ton qu'il croyait plus assuré, je...

Il marqua une pause, déglutit, se donnant un instant pour trouver de meilleurs arguments.

– Je suis marié, père de famille et notaire en plus. Je suis un homme sérieux. Je ne suis plus un gamin. Alors si je vous dis que j'ai pas trop bu, c'est que j'ai pas trop bu.

Les membres du Rotary Club de Figeac le scrutaient, désappointés et inquiets. Jamais ils n'avaient vu le notaire de Lacapelle Marival dans cet état. Mais Bernard Rigal avait tenu à tout prix à organiser, à la fin de leur réunion, une dégustation comparée des single malt et des double malt qu'il avait ramenés de son voyage en Ecosse, et Emmanuel Delpoux, en novice avéré, s'était appliqué à les goûter tous.

– Emmanuel, tu ne devrais pas prendre le volant, tenta une nouvelle fois Georges Crépin.

– D'abord j'ai pas bu tant que ça, juste quelques gorgées du bout des lèvres... et ensuite je n'ai que... trois kilomètres et quatre cent vingt-deux mètres cinquante pour arriver chez moi, essaya-t-il de plaisanter.

– Il serait quand même plus prudent que je te raccompagne Emmanuel, tu viendras chercher ta voiture demain.

– Non, pas question. C'est pas une bonne idée, je vous dis. Qu'est-ce que dira Cathy si vous me ramenez à la maison ? Elle pensera que j'ai trop bu et ça ne lui plaira pas du tout.

- Elle se dira sans doute que tu es plus raisonnable que tu n'essaies de nous le démontrer...

Emmanuel Delpoux sentit que la subtilité de cette dernière phrase lui échappait.

– Faites-moi confiance, ça va, je vous dis, commença-t-il à s'agacer.

Georges Crépin n'insista pas. Il semblait que rien ne pourrait le raisonner. Emmanuel s'était laissé entraîner par leur ami commun Bernard Rigal. Depuis que sa femme s'était suicidée, alors que leur vie de couple semblait être un long fleuve tranquille, ce pauvre Bernard se laissait aller à tous les excès. Ce soir, Emmanuel n'avait rien vu venir. Et encore une fois, Georges le trouvait candide face à certains évènements de la vie.

Il regarda son ami s'éloigner vers sa voiture, la démarche peu assurée.

Emmanuel Delpoux s'immobilisa devant le véhicule garé à côté du sien et remarqua un caducée collé sur le pare brise.

– C'est… c'est à toi ? demanda-t-il en désignant la BMW 528 Injection flambant neuve.

Crépin opina du chef.

Ben mon cochon, on se refuse rien, se dit Emmanuel Delpoux.

– Quand je vois ta voignole… voiture, je me dis que j'aurais dû être pharmacien plutôt que notaire.

– Ne me fais pas pleurer, Picsou ! T'as largement les moyens de te payer la même. Mais commence par être un notaire qui revient vivant chez lui, ce sera déjà bien. Allez, Manu, je rentre, ça caille trop sur ce parking.

Après quelques difficultés pour glisser la clé dans la serrure de sa portière, Emmanuel Delpoux s'affala avec soulagement sur le siège de sa Renault 20 TS. Enfin seul, il s'avoua à lui-même qu'il était dans un sale état. Avant de mettre le contact, il se dit qu'il devait vérifier son degré de clairvoyance : il tenta de se rappeler le code de son coffre-fort. La suite de chiffres lui revint facilement à l'esprit : *17890714*. Il eut un sourire de satisfaction. *Mon compte bancaire, c'est le 8, 0, 0, 0… oh lala tous ces zéros, 8, 0, 0, 0…* Ses yeux se posèrent à nouveau sur la magnifique berline allemande de son ami pharmacien. Une envie de mécanique puissante monta en lui. Il démarra le modeste quatre cylindres de sa Renault et soupira de déception.

Il regarda les deux autres voitures stationnées à quelques mètres de la sienne : l'immense Mercedes break de Bernard Rigal le menuisier et la Citroën CX Turbo de Daniel Ginestet. Bon, ce dernier n'avait aucun mérite, il était concessionnaire de la marque. *Quelle beauté cette CX !* Il enclencha la première mais cala en relâchant trop vite l'embrayage. *Voiture de merde !* Il observa dans le rétroviseur la partie de son visage qui s'y reflétait. Il voyait nettement que ses traits étaient marqués et n'aimait pas ses paupières tombantes de fatigue.

– Costume de merde ! Cravate de merde !

Il réalisa qu'il parlait fort, seul dans sa voiture, se reprit et regarda la montre du tableau de bord : une heure vingt-deux du matin. Il se frotta les yeux, se rappela que le premier rendez-vous était à neuf heures à l'étude, avec le père Puech qui voulait le voir pour son testament. *Faut que je rentre.* Il descendit sa vitre pour que le froid de janvier l'empêche de s'assoupir et alluma l'autoradio. RMC résonna à en faire vibrer les portières. RMC ! Cathy n'écoutait plus que cette radio, mais lui avait un mal de chien à supporter les animateurs. Dans le lecteur de cassettes, il enclencha « Out of our heads » des Rolling Stones. Même s'il n'était pas grand amateur de rock, il avait une petite faiblesse pour ce millésime 1965 qu'il affectionnait particulièrement, souvenir de vacances à Saint Raphaël avec une des rares petites amies qu'il ait eues avant Cathy, un an avant de reprendre l'étude de son père.

– No satisfaction ! hurla-t-il approximativement avec Mick Jagger quand arriva le refrain.

2

Emmanuel Delpoux était pressé de rentrer chez lui, mais il roulait lentement. Il n'avait que peu de distance à parcourir entre l'unique restaurant du Bourg où avait eu lieu la réunion du Rotary Club et sa maison à la sortie de Lacapelle Marival. Mais ces routes de campagne étaient propices à s'endormir au volant tellement leurs longues lignes droites étaient monotones. Il devait se concentrer. *Il ne faut surtout pas que Cathy me voie dans cet état. Va falloir la jouer discret.* Ce n'était pas le moment de tout gâcher, d'autant que son couple traversait une période relativement faste. Cela n'avait pas toujours été le cas ces dernières années. Depuis la naissance de leur fils Louis, elle avait montré des sautes d'humeur qu'il ne s'expliquait pas. Ces périodes de tension le plongeaient dans le plus profond désarroi.

Dans les rares virages, la voiture se déportait toute seule, comme mue par une force autonome qui l'attirait vers la droite. Les arbres qui bordaient la route lui semblaient plus inclinés que d'habitude. Il arriva sur l'interminable tronçon rectiligne. Il longea le château de La Rose. Il dépassa le Bois Bordet. Il avait du mal à tenir ses paupières ouvertes. Il ne voulait pas avoir un accident si près de chez lui. Ça n'aurait pas fini de jaser. A Lacapelle Marival, les bruits couraient plus vite que Guy Drut sur une piste d'athlétisme et les réputations des uns et des autres étaient établies en moins de temps qu'il ne fallait pour le dire.

Il réalisa soudain qu'il venait de franchir le panneau indiquant l'entrée de Lacapelle Marival. Il ralentit encore, craignant non pas de croiser les gendarmes, qui à cette heure indue roupillaient, mais d'écraser un chien ou un chat du voisinage. Il entra dans le village. La rue Merlival ne lui avait jamais semblé si longue. Au carrefour, il vérifia plusieurs fois qu'aucune voiture n'arrivait avant d'avancer. Il longea le grand jardin des Romieu qui donnait sur l'arrière de son étude, face au bosquet de Malepuis. Par réflexe, il chercha des yeux les fenêtres, pour vérifier que Marilyne, sa secrétaire, n'avait pas encore une fois laissé la lumière allumée. Il ne vit pas la silhouette près du mur d'enceinte. À l'arrivée de la voiture, elle s'était reculée pour échapper au faisceau lumineux des phares. Elle se tenait contre le grillage, derrière un buisson, quand Scotty, le berger allemand du voisin, aboya de toute sa hargne à quelques centimètres d'elle. Elle fit un bond pour échapper à l'animal. Emmanuel Delpoux entendit un choc contre la carrosserie, incapable d'en interpréter l'origine. Il écrasa la pédale de frein et sa Renault cala quelques mètres plus loin. Il tremblait de tous ses membres. Ses idées n'arrivaient pas à s'organiser. Qu'avait-il heurté ? Pourtant il ne roulait pas vite... Il n'avait rien vu. Il sortit et son premier réflexe fut d'inspecter les dégâts sur sa voiture. Il n'y en avait pas côté conducteur. Il fit le tour du véhicule. Le phare avant droit avait explosé. Il leva les yeux, regarda le long de la route et dans la lumière rouge des phares arrière, il aperçut le corps allongé sur le bitume. Se prenant la tête à deux mains, il prononça les seuls mots adaptés à la situation :

– Oh putain, putain, putain, putain !

Il s'approcha, le cœur battant à tout rompre. Il s'accroupit. Une jeune femme. Inconsciente. Son visage, cerclé de cheveux bruns bouclés, était couvert d'ecchymoses. Elle portait un manteau épais et une écharpe jaune. Il ne voyait pas si elle respirait. Cet abruti de chien ne se taisait pas. Il allait alerter tout le voisinage. Emmanuel Delpoux avança sa main tremblante. Il prit une grande respiration avant d'oser toucher l'épaule de la jeune fille. Elle gémit. Il fut rassuré, elle était en vie. Il sentit la pression qui tenaillait sa poitrine se relâcher un peu. *Je vais appeler les gendarmes ! Euh, non, non, il faut que je l'emmène chez un médecin. Le Docteur Giraud, il habite pas loin.* Il se releva et courut à sa voiture. Il fit marche arrière et stoppa à côté de la blessée. Il ramassa sur la chaussée le sac et l'écharpe jaune de la fille, les jeta négligemment sur le siège passager avant et entreprit de déposer le corps sur la banquette arrière. Il était mal à l'aise. Il ne savait pas par où l'attraper. Il saisit la jeune femme sous les bras et la redressa maladroitement contre lui. Il s'apprêtait à l'asseoir sur le siège arrière lorsqu'il resta paralysé d'effroi. La tête avait basculé sur le côté et une goutte de sang venait de couler à la commissure des lèvres. Du sang ! Il comprit instantanément : il venait de tuer cette femme. Il la lâcha avec un frisson de dégoût. Elle s'affala au sol comme une poupée de chiffon. Il tremblait de froid et fondit en larmes. Instantanément, les gros titres de la presse locale s'affichèrent sous ses yeux : « Un notaire conduisant sous l'emprise de l'alcool tue une jeune femme dans le Lot », « Le notaire de Lacapelle-Marival incarcéré », « Drame de la route et de l'alcool à Lacapelle-Marival : Maître Delpoux responsable de la mort d'une jeune femme ». Il imagina l'infamie, la prison, sa femme et son fils vivant dans la honte. Et ce chien qui ne se taisait pas ! Il traîna la jeune femme de l'autre côté de la chaussée, puis jusqu'au bosquet, essayant de repousser l'idée qu'il transportait un cadavre : il était simplement en train d'agir pour sa propre survie. Il haletait et transpirait malgré le froid. Il avait l'impression d'assister à une scène hors de la réalité, regardant en spectateur un autre lui-même exécuter des gestes dont il se sentait totalement incapable. Et ce chien qui ne se taisait toujours pas ! Il laissa choir le corps inerte dans le bosquet de Malepuis. Il le tira derrière un buisson, revint jusqu'à sa voiture et attrapa l'écharpe jaune pour en couvrir le visage de la morte. Pas le temps de s'attarder, il repartit. Accélérateur au plancher, comme s'il espérait que la vitesse pouvait laisser sa culpabilité loin derrière. Il allait... Il ne savait pas où il allait, mais il voulait y être vite. Il ne pouvait pas rentrer chez lui comme ça, les mains couvertes de terre et de sang. Il décida d'aller se calmer dans son antre, son étude. Il fit demi-tour, revint dans la Grand'Rue pour se garer devant la plaque qui portait son nom. Il entra sans allumer la lumière. Tout tournait autour de lui. *Je suis un criminel,* pensa-t-il. *Je l'ai tuée et je me suis enfui. Je vais finir en prison et mon fils à la DDASS.* Ses pensées virevoltaient dans tous les sens sans qu'il puisse fixer une idée. Il fonça aux toilettes pour s'asperger le visage d'eau et but longuement au robinet, espérant y noyer le whisky qui le privait de sa lucidité. Il avait besoin d'aide. Hors de question d'en parler à Cathy, il ne lui restait plus que Raymond, le père de sa femme. Il avait confiance en lui. Dans son bureau, il décrocha le téléphone et composa avec application le numéro.

– Allô ? finit par dire une voix à la fois rugueuse et incrédule, teintée d'un léger accent germanique.

– Raymond, c'est moi !

– Manu ! Mais qu'est-ce qu'il se passe ?

– Je... j'ai... bredouilla le notaire avant d'éclater en sanglots, incapable de prononcer une syllabe supplémentaire.

Raymond n'avait jamais entendu son gendre pleurer

de la sorte. Immédiatement, il s'angoissa pour sa fille et son petit-fils Louis.

– Manu ! Nom de Dieu, reprends-toi ! Qu'est-ce qu'il s'est passé ? C'est Cathy ? C'est Louis ?

– Oh ! Mais non Raymond, je suis désolé, tou... tout va bien pour eux. C'est moi ! C'est moi ! Je viens de faire une conn... connerie.

Raymond sentit que son gendre avait bu. Pourtant, l'inquiétude qu'il avait éprouvée se calma instantanément : il n'était rien arrivé à Cathy et Louis, Manu était saoul mais vivant, le reste n'était que secondaire.

– Quoi, bon dieu ?

– J'ai renversé une femme, je l'ai tuée. J'ai bu avec les copains du Rotary, et en rentrant, je... j'ai pas pu l'éviter... Et en plus j'ai caché son corps. Il faut que j'aille à la gendarmerie. J'ai fait n'importe quoi. C'est trop tard maintenant, mais il faut que je me déf... me dénonce.

– Quelqu'un t'a vu ?

– Euh... non, y'avait personne.

– Ça s'est passé où ?

– Près de l'étude, derrière le jardin des Romieu.

– Et le corps, tu l'as mis où ?

– Dans le bosquet Malepuis...

Raymond avait en une seconde analysé la situation.

– Tu as une cafetière au bureau. Bois plusieurs cafés en m'attendant. J'espère que ça te fera un peu dessoûler. J'arrive. D'ici là, tu ne bouges pas et je t'interdis de toucher au téléphone !

Le notaire raccrocha et avança mécaniquement vers le bureau de sa secrétaire. Il plaça le filtre dans la machine, le remplit de café et chercha un moment ce foutu interrupteur qu'il n'avait jusque-là jamais actionné lui-même. Il s'assit et regarda les gouttes noires tomber une à une. Il voulut rassembler ses idées mais...

3

Ce fut Raymond qui le réveilla. Le vieil homme le regardait avec un visage grave mais rassurant. Après un instant de surprise, tout lui revint à l'esprit.

– Raymond, je suis un assassin ! Je suis foutu !

– Tu pues encore le whisky, Emmanuel ! répliqua sèchement son beau-père. Alors tu viens, on va chercher cette femme... si elle existe.

– Mais ma voiture... Le phare est cassé.

– On prend la mienne. Tu ne crois quand même pas que dans l'état où tu t'es mis, je vais te laisser conduire ?

Emmanuel Delpoux se leva, ça tanguait encore. Avant de monter dans la voiture, il vomit dans le caniveau.

– Ça va aller mieux maintenant...

Sur le trajet, le beau-père couvrit son gendre de reproches : le sens des responsabilités, la maturité, l'inconscience, la capacité de connaître ses limites face à l'alcool...

Ils arrivèrent près du bosquet. Les traces de freinage étaient bien visibles. Raymond prit une lampe dans le vide-poche. Le berger allemand des Romieu se précipita contre le grillage et aboya, les faisant sursauter.

– Tu as mis un sacré coup de patin !

Ils firent quelques pas sur la route. Raymond inspecta le bitume : pas de trace de sang, juste quelques débris de verre.

– Allez, montre-moi où tu l'as cachée.

– Là, là, après ces arbres derrière le buisson. Vas-y Raymond, s'il te plait, je ne peux pas. Je... C'était...

Raymond s'avança seul. Son gendre le suivit des yeux. Le vieil homme se retourna.

– Mais il n'y a rien ici.

– Hein ?

– Viens voir, il n'y a rien ! Personne !

Emmanuel le rejoignit, à pas lents, hagard. Il titubait mais regardait dans tous les sens pour essayer de se repérer.

– Je suis sûr que je l'ai cachée là. J'ai pas rêvé ! C'est là que je l'ai laissée. Je reconnais ce tronc coupé. Sûr que c'était là.

– Vous avez dû sacrément picoler au Rotary ce soir !

– Elle était morte !

– En tout cas elle s'est fait la malle... Ta morte est ressuscitée.

Emmanuel Delpoux ne comprenait pas ce qui se passait. Il dérivait en plein cauchemar et passait fébrilement la main dans ses cheveux.

– Je te dis qu'elle était là. Je me souviens de son visage.

Raymond éleva la voix et lui parla avec une dureté dont il n'était pas coutumier.

– Bon sang, Emmanuel, tu me réveilles en pleine nuit pour des âneries.

– Mais je la revois, là ! Elle était là !

Il s'était baissé et soulevait à grands gestes les feuilles mortes éparses comme s'il espérait y trouver sa victime dissimulée.

– Mais je t'assure que...

– Que quoi ? Que tu as caché le cadavre d'une femme ici ? Mais regarde ! Bon, ça suffit. Si tu as vraiment heurté une fille avec ta voiture, elle n'était qu'évanouie quand tu l'as traînée là. Elle a repris connaissance et elle est partie sans demander son reste. Ou alors...

– Ou alors quoi ? demanda anxieusement le notaire.

– Ou alors, ce n'est pas une fille que tu as heurtée, mais un renard ou un chien errant.

Son beau-père posa sa main droite sur son épaule.

– Allez viens, on rentre. Je te raccompagne chez toi. Tu vas prendre de quoi dormir et calmer ton estomac. Demain tu y verras sans doute plus clair. Ne dis surtout rien à Cathy, tu l'inquiéterais.

Emmanuel Delpoux avait pourtant eu la conviction d'avoir renversé cette jeune femme. Avait-il rêvé ? Quel mal au crâne ! Il s'appuya sur un arbre et vomit à nouveau. Il ne boirait plus, c'était décidé ! En passant derrière la voiture, il ne remarqua pas le fil jaune qui dépassait de la serrure du coffre.

4

Emmanuel se réveilla en sursaut quand le réveil sonna. Sept heures trente. Le mal de crâne de la nuit revint en force, comme décuplé, lui donnant la sensation qu'un battement de cœur géant avait pris la place de son cerveau. Sa bouche était desséchée comme s'il avait mangé du sable et son estomac lui infligeait des brûlures atroces.

Plus jamais ! se dit-il en repensant à la dégustation de whisky du Rotary.

Tout en prenant sa tête dans ses mains, il réalisa qu'il était seul dans le lit. Cathy s'était déjà levée. Avant de la rejoindre, Emmanuel tenta de remettre en ordre ses pensées. Les choses revenaient tant bien que mal : la fille, le chien, Raymond, le corps disparu dans le bosquet de Malepuis et l'impression de devenir fou remplacée par celle d'avoir fait un mauvais rêve... Raymond l'avait ramené ici, il avait rejoint la chambre comme un zombie, apparemment sans réveiller Cathy. *Bon Dieu !* se dit-il, *il n'aurait plus manqué que ça ! Qu'est ce que j'aurais pu lui raconter dans l'état où j'étais ?*

Il repensa soudain au rendez-vous à neuf heures avec le père Puech. Il se leva aussi rapidement que sa migraine le permettait, fonça à la salle de bain pour se raser et prendre une douche salvatrice. Il décida de se débarrasser d'abord de l'haleine putride qui attestait des excès de la veille. Alors qu'il étalait péniblement la pâte dentifrice sur sa brosse à dents, il se vit dans le grand miroir du lavabo. Son visage lui sembla avachi et boursouflé. Son corps jadis mince quoique peu musclé commençait à accuser les premiers stigmates de la quarantaine au niveau du tour de taille. Emmanuel, par son métier, était plus coutumier de la station assise que des salles de sport. Finalement, il se trouva des points communs avec Elvis Presley, mort cinq ans auparavant bouffi d'alcool et de crèmes glacées, mais lui au moins était une star.

Il entra dans la cabine de douche et laissa couler longuement l'eau chaude sur son corps, comme pour réinitialiser tous les compteurs de sa conscience. Il fit l'effort de finir par de l'eau froide. Ce coup de fouet lui permettrait peut-être de donner le change.

Il tenta vainement de se composer une coiffure acceptable, mais ce matin tout était si laborieux qu'il peigna ses cheveux bruns encore humides en arrière, se donnant l'air d'un séducteur gominé des années trente. *Une vraie tronche de plouc*, conclut-il résigné.

Il revint à la chambre pour s'habiller. Alors qu'il essayait tant bien que mal de faire son nœud de cravate, il réalisa que sa voiture était restée devant l'étude. Comment l'expliquer à sa femme ?

En descendant l'escalier, il eut une idée... *Ça doit pouvoir passer*, se dit-il.

Cathy était dans la cuisine, devant une tasse de café fumant et s'appliquait à tartiner une biscotte de confiture de pêche. À quarante-deux ans, elle avait gardé une silhouette élancée sur laquelle de nombreux regards masculins se posaient lorsqu'elle marchait dans le village. Et elle le savait. Aussi blonde que son mari était brun, il émanait d'elle un parfum de féminité gracieuse et sensuelle qui accompagnait chacun de ses gestes.

Emmanuel passa derrière elle et déposa un baiser

affectueux sur ses cheveux.

– Bonjour, mon amour, déjà levée ?

– Eh oui, répondit Cathy sur un ton exagérément suave. Tu dois sûrement te rappeler que j'avais prévu de faire pas mal de choses ce matin et comme tu es un mari et un père adorable, tu m'avais proposé d'accompagner Louis à l'école à ma place. D'ailleurs il faut que tu te dépêches, mon chéri, sinon Louis sera en retard.

Emmanuel se sentit pitoyable. L'engagement qu'il avait pris de s'occuper de son fils ce matin s'était intégralement évaporé dans les brumes des whiskies écossais. Devant le trouble mal dissimulé de son mari, Cathy enfonça le clou avec une certaine délectation.

– Mon chéri, ne me dis pas que tu avais oublié ! Pas toi !

Emmanuel tenta de sauver les apparences.

– Excuse-moi, ma chérie, je suis vraiment désolé. À ma décharge, j'ai pas beaucoup dormi, tu sais, je suis rentré tard de la réunion Rotary hier soir.

– Surtout si tu es rentré sans ta voiture...

Cathy croqua dans sa tartine et reprit avec un regard sans indulgence :

– J'ai bien vu qu'elle n'était pas dans la cour. Bon, Manu, on n'a pas beaucoup de temps, je sais que tu as bu hier soir, l'haleine ne ment pas, tu sais. Alors, si tu m'expliquais tout simplement.

Emmanuel baissa les yeux. Il se sentait minable devant elle, si belle, si forte. Décidément, il ne pouvait rien lui cacher. Elle voyait à travers lui. Et puis, il l'aimait trop pour accepter l'idée de la décevoir. Après avoir bu une gorgée de café, il tenta de se justifier.

– Écoute, mon amour, je ne vais pas te raconter des histoires. Bon, je suis tombé dans un traquenard hier soir au Rotary. Tu sais que je ne tiens pas bien l'alcool. C'est de ma faute. En plus, j'ai insisté pour rentrer seul. Je ne pensais pas qu'il puisse m'arriver quoi que ce soit sur trois kilomètres... et bien si ! J'ai percuté un animal que je n'ai pas vu, un sanglier peut-être. Le phare côté passager a explosé. Je me suis vraiment fait peur et j'ai jugé que je n'étais plus en état de conduire. Alors j'ai préféré garer la Renault à l'étude et je suis revenu à pied ici. Voilà, tu sais tout.

Pourtant, Cathy avait clairement entendu une voiture repartir par l'allée du jardin après que le bruit de la porte d'entrée l'ait réveillée. Elle avait même reconnu le bruit si particulier du break Volvo de Raymond. Emmanuel commençait-il lui aussi à faire des cachotteries ? Il n'avait pas une petite aventure quand même ? Non, impossible. Qu'est-ce que son propre père viendrait faire là-dedans ? *Pas de panique, ma fille,* se dit Cathy, *du moment que ces deux-là te foutent la paix, te laissent aller et venir et vivre ta vie...* Elle rassembla le reste de tendresse qu'elle éprouvait encore, posa sa main sur celle de son mari et lui dit avec un sourire plein d'empathie :

– C'est bon, j'ai compris, Manu ! Va vite chercher Louis dans sa chambre, je vais faire le taxi pour mes deux hommes.

Emmanuel posa sa tasse de café et fixa son épouse avec dans les yeux tout l'amour qu'il éprouvait pour elle.

– Je t'aime, Cathy. Pour moi, tu es la femme idéale. Tu sais, j'ai réalisé hier soir que je ne te disais pas assez ces choses-là. Quand tu as un accident et que tu as très peur, les choses essentielles te reviennent à l'esprit, évidentes. Ma vie, c'est toi et Louis. Sans vous deux elle n'aurait aucun sens.

Cathy reçut cette déclaration d'amour matinale avec une certaine gêne, mais pour ne pas offusquer son mari, elle retira doucement sa main et se contenta de lui dire en se levant :

– Merci, mon chéri, mais je suis désolée, l'heure tourne. Je t'en prie, va chercher Louis pendant que je sors la Golf.

– Oh bien sûr, s'excusa Emmanuel, je t'embête à huit heures du matin avec mes grandes phrases. Mais je crois que cette histoire va faire un heureux, tu sais que de toute façon, Louis préfère monter dans ta voiture.

Cathy avait une Golf Cabriolet, modèle qu'elle avait adoré à sa sortie un an plus tôt. Achetée en juin, elle avait trouvé cette voiture « géniale » jusqu'à l'automne mais l'avait beaucoup moins appréciée dès le froid de l'hiver revenu.

– Je vous attends dans la cour, dépêchez-vous ! conclut Cathy en quittant la cuisine.

J'ai sacrément intérêt à rattraper le coup avec Cathy, se dit Emmanuel en posant sa tasse dans l'évier, *il faut absolument que je prenne du temps pour elle dans les jours à venir, sinon on va repartir pour une sale période. Et ce sera de ma faute.*

Il grimpa l'escalier quatre à quatre et ouvrit la porte de la chambre de Louis.

– T'es prêt, mon grand ? demanda Emmanuel.

Son fils, assis sur son lit, leva sa tête blonde de la bande dessinée dans laquelle il était plongé.

– Je suis prêt depuis presque un quart d'heure, papa.

– Alors, pour te récompenser de ta ponctualité, qu'est-ce que tu dirais d'aller à l'école avec papa et maman ? Et en plus dans la Golf !

– Super génial ! se réjouit Louis en fermant son album.

– Allez grouille, Loulou, maman est en bas, elle nous attend.

Emmanuel regarda son fils dévaler l'escalier, cartable à l'épaule, son petit bonhomme de rien du tout, fragile et plein de vie.

Trois minutes plus tard, le cabriolet descendait l'avenue en direction de l'école. A l'arrière, Louis arborait un sourire radieux à l'idée d'arriver avec ses deux parents devant tous ses copains du CE1 qui attendraient devant la grille. Il savait que son père était connu de tout le village, même si son métier lui restait mystérieux.

Assis sur le siège passager avant, Emmanuel avait passé son bras gauche sur les épaules de son épouse et la regardait avec tendresse pendant qu'elle conduisait. Il savait qu'il pouvait compter sur elle pour l'intendance de la maison et tout ce qui concernait le quotidien. Ils s'étaient entendus là-dessus depuis leur mariage. Lui à l'étude et elle au foyer. Cela le rassurait et puis elle était si parfaite, si prévoyante.

Ils déposèrent Louis devant l'école, saluèrent quelques parents et repartirent vers l'étude.

– Et bien, merci de m'avoir amené, ma chérie ! dit tendrement Emmanuel à son épouse.

– Pas de quoi, Manu, j'ai rendez-vous chez le coiffeur dans dix minutes. Tu vois, je n'ai même pas eu à me mettre en retard pour te rendre service. Bon, à ce soir !

– Ah ? Tu n'es pas à la maison à midi ?

– Euh, non... répondit Cathy, je pensais aller faire des courses à Figeac.

– Encore ! fit Emmanuel sur le ton de la plaisanterie. Tu y es déjà allée pour faire les boutiques la semaine dernière. Tu veux nous ruiner ?

– Ah, non ! Désolée, mon cher mari, la dernière fois, j'étais allée prendre le thé avec ta maîtresse pour parler de toi. Pas de quoi t'inquiéter. Aujourd'hui, c'est vraiment pour faire du shopping.

Emmanuel éclata de rire.

– Et en plus, tu as de l'humour ! Vraiment tu es... tu es la plus...

– Bon Manu, tu me diras la suite ce soir. Allez, sois gentil, ferme la portière, j'ai froid.

Emmanuel l'embrassa délicatement, sortit de la voiture et se dirigea vers l'entrée de l'étude.

Cathy le regarda s'éloigner.

Si tu savais à quel point tu es à côté de la plaque, mon petit mari...

5

En arrivant à son travail, Emmanuel s'approcha de sa voiture. Bien sûr, le phare était cassé. En contournant la Renault, il remarqua à travers les vitres givrées un objet sombre au pied du siège passager. Il ouvrit la portière et se figea de stupeur. C'était le sac à main qu'il avait jeté là la veille. *Putain, ce n'était pas un chien errant!* Le sac était bien là. Le sac de la jeune femme. Il se retourna pour s'assurer que personne ne le voyait. Il cacha le sac sous son manteau et entra dans l'étude d'un pas qu'il voulait serein. En réalité, il était complètement déboussolé par cette découverte qui anéantissait les propos rassurants de son beau-père.

– Bonjour Maître Delpoux, votre premier rendez-vous vous attend, annonça joyeusement Marilyne, sa secrétaire.

– C'est le père Puech, pour son testament, non ? dit-il d'un ton mal assuré.

– Ne soyez pas stressé, il est toujours en avance d'une demi-heure. Je crois que ça le rassure. Il sera même en avance le jour de son enterrement !

– Pardon ?

– Non, je plaisantais. Le dossier est prêt, le voici.

Emmanuel le saisit et pénétra dans son bureau, pressé de déposer le sac mal dissimulé sous son manteau. Qui pouvait bien être cette fille qui avait disparu du bosquet de Malepuis ?

Il s'immobilisa devant le miroir, s'obligeant à reprendre une posture digne avant de recevoir Georges Puech. Il ne se reconnaissait pas ce matin. Son image lui déplaisait.

– Faites entrer Monsieur Puech, annonça-t-il à l'interphone.

Une heure et quelques errances sur le droit successoral plus tard, il se retrouvait seul dans son bureau face à lui-même et au sac à main. Emmanuel avait eu bien du mal à se concentrer sur le testament de Georges Puech. Le vieux paysan avait tant de propriétés, de terrains éparpillés, de granges plus ou moins délabrées, de parcelles arborées ou cultivées, accumulés au cours des générations précédentes. Même le bosquet de Malepuis lui appartenait...

Sa secrétaire toqua à la porte et entra.

– Monsieur, votre deuxième rendez-vous ce matin est une jeune journaliste de Professions Libérales Magazine. Elle a téléphoné il y a quinze jours pour un entretien.

– A-t-on une idée de ce qu'elle vient faire ?

– Non, pas de motif particulier.

– Elle est là ?

– Non Monsieur, elle n'est pas encore arrivée.

– Merci, dit Emmanuel Delpoux pour signifier à sa secrétaire de refermer la porte du bureau.

Le regard d'Emmanuel se posa immédiatement sur le sac à main de l'inconnue. Il était là dans le dernier tiroir de son bureau. Il réfléchit avant de l'ouvrir. Il se repassait les évènements de la veille. Il essayait de se souvenir de ce qui s'était déroulé avant l'accident.

Il regarda la pendule. *Elle a cinq minutes de retard.*

Avec mille précautions, il dégrafa la boucle, releva le rabat et osa plonger sa main dans le sac. Il fut déçu en découvrant qu'il était presque vide. Il ne contenait qu'un paquet de mouchoirs, un petit portefeuille de cuir d'où dépassait un fil de laine jaune, une lampe de poche et des gants de soie. Rien à voir avec un sac de femme. Bien qu'il n'ait jamais fouillé celui de son épouse, il se rendait compte que le sac d'une femme digne de ce nom renfermait toute sorte d'objets inutiles, du rouge à lèvres en passant par le miroir de poche, le nécessaire à maquillage, un carnet d'adresses et de numéros de téléphone, un porte-monnaie, une lime à ongles, des bonbons pour avoir l'haleine fraîche, et que sais-je encore. Emmanuel était décontenancé devant ce sac à main désespérément illogique. Il ouvrit le portefeuille et tomba aussitôt en arrêt devant une carte de presse au nom de Nadia Moreno, née à Epernay, le 11 avril 1950. Il se raidit sur son fauteuil. Il plongea à nouveau la main dans le petit sac et sentit sous ses doigts une forme oblongue. Il sortit l'objet : un couteau, un couteau à cran d'arrêt. Une arme de voyou ! Drôle d'outil de travail pour une journaliste.

Elle a dix minutes de retard.

Il étudia scrupuleusement ce précieux sésame et la photo de la jeune femme, puis demanda à l'interphone :

– Marilyne ?

– Oui Monsieur.

– Cette journaliste qui a rendez-vous maintenant, vous a-t-elle laissé un nom, un numéro de téléphone ?

– Oui Monsieur, attendez, je regarde... Nadia Moreno de Professions Libérales Magazine. Pas de téléphone.

– Euh... merci Marilyne.

Emmanuel reposa lentement le combiné de l'interphone. Ses craintes se confirmaient : la jeune femme d'hier soir était celle qui avait rendez-vous avec lui ce matin. *Mais pourquoi rôdait-elle en pleine nuit près de mon étude ? Qu'est-ce qu'elle cherchait ? Et que vient-elle faire ici ce matin ? Quelque chose ne colle pas.* Une seule manière d'en avoir le cœur net : appeler son journal.

– Marilyne, avez-vous un exemplaire de Professions Libérales Magazine, par hasard ?

– Je regarde tout de suite si j'en trouve un.

Presque immédiatement, la secrétaire apporta la revue.

– Voici, Monsieur, dit Marilyne en lui tendant un numéro récent.

– Pouvez-vous m'appeler la rédaction ? dit–il en le feuilletant négligemment.

– Bien Monsieur, tout de suite.

C'est bien le fils de son père, se dit-elle en quittant le bureau. *Il ne peut rien faire tout seul !*

Emmanuel détailla la carte de presse avec la photo de cette jeune femme. C'était bien elle. Même si son esprit avait du mal à retrouver ses marques, il n'y avait aucun doute. Son visage resterait gravé dans son esprit pour l'éternité. Un visage plutôt agréable, mais sans vie.

– Monsieur, je vous passe le journal.

– Allô ?

– Bonjour, je suis Maître Delpoux, notaire à Lacapelle Marival et j'avais rendez-vous ce matin avec une journaliste de votre revue, Nadia Moreno. Comment pourrais-je la joindre ?

– Une seconde Monsieur, je me renseigne.

Quelques instants suffirent pour obtenir la réponse :

– Il n'y a aucune journaliste à ce nom chez nous, vous devez faire erreur. Etes-vous sûr du nom ?

– Oui Madame, Nadia Moreno, pouvez-vous vérifier encore ?

– Monsieur, je suis certaine de ce que je vous dis. Il n'y a pas de Nadia Moreno chez nous.

– Mais une de vos journalistes avait bien rendez-vous avec moi ce matin ?

– Non Monsieur, nous n'envoyons pas de journaliste sur le terrain sans organiser leur mission. Et personne ne devait se rendre chez vous à Lachapelle Merlival aujourd'hui, j'en suis certaine.

– Bien... Excusez-moi Madame.

– Je vous en prie. Au revoir et bonne journée Monsieur.

Tu parles d'une bonne journée...

Tout cela devenait de plus en plus inquiétant. Pourquoi cette femme se faisait-elle passer pour une journaliste, dans quel but voulait-elle le rencontrer ? *J'ai rien à me reprocher ! Je suis un homme honnête,* se dit Emmanuel Delpoux. *Qu'est-ce qu'on me veut, bon dieu ?*

Elle a un quart d'heure de retard.

Emmanuel réfléchit puis finit par reprendre le portefeuille et le vider sur son bureau. Là aussi c'était minimaliste : une carte de presse, un permis de conduire au même nom, et curieusement avec exactement la même photo d'identité... la carte d'un hôtel à Figeac, l'Hôtel du Quercy, et deux billets de cinquante francs. C'était peu. Il étala le tout sur son bureau et aperçut entre les billets de banque un petit bout de papier. Il le déplia. A l'intérieur figurait un numéro à onze chiffres. 19401587012... *Mais, c'est le numéro de compte de Cathy !* Sa mémoire ne pouvait pas le tromper même un lendemain de cuite : ce numéro l'avait marqué car les premiers chiffres lui avaient évoqué l'année où Raymond et sa fille étaient arrivés en France, fuyant l'Allemagne nazie, et les deux derniers étaient la date anniversaire de leur rencontre, le 12 juillet 1964. Emmanuel se prit la tête entre les mains et se demanda comment ce numéro pouvait se trouver en possession de cette fille. Tout à coup des frissons le parcoururent. *Quelqu'un en veut à Cathy ? Mais pourquoi ?* Son cœur battait trop fort et trop vite. Il était là assis, essoufflé, affolé.

Emmanuel inspira longuement pour remettre ses idées en ordre. *Il faut que j'appelle Raymond et que je lui explique que ce n'était pas un chien errant, mais une jeune femme en chair et en os avec un sac à main et une carte de presse. Il faut que je lui parle. Il n'y a que lui...*

Elle a vingt minutes de retard.

Et si elle arrivait maintenant ! Que pourrais-je bien lui dire ? Que je suis désolé pour hier soir et que je suis content qu'elle ait ressuscité ? Que j'avais trop bu et que je m'excuse pour le tort que j'ai pu lui causer ? Pourvu qu'elle ne vienne pas, ni maintenant, ni jamais.

Dring... dring... dring ! Emmanuel sursauta. L'interphone sonnait et il le regardait comme un objet dangereux. Il avait peur, réellement peur pour la première fois de sa vie.

Il décrocha prudemment :

– Monsieur, votre rendez-vous de onze heures trente vient d'annuler, la vente de la maison est repoussée, la banque n'a pas accordé le crédit.

– Mon rendez-vous de... ah oui ! Merci.

Emmanuel raccrocha. Son cœur battait à tout rompre. *Se calmer, se détendre. Qu'est-ce qui m'arrive ?* se dit-il en fermant les yeux. Il respira profondément comme sa femme le lui recommandait souvent.

Il appela son beau-père, mais le téléphone sonna dans le vide. Il essaya à son atelier. Rien non plus.

Emmanuel reposa le combiné et planta son regard sur le contenu de ce sac à main : un permis de conduire, la carte de presse, une lampe de poche, des gants de soie et le couteau à cran d'arrêt. Le permis et la carte de presse : Ok. Mais les gants, la lampe, le cran d'arrêt, pour quoi faire si ce n'est entrer par effraction de nuit, sans laisser d'empreinte ? *Des empreintes, des indices...* pensa-t-il.

– Maryline, je vais chercher quelque chose dans ma voiture, je reviens tout de suite !

Le notaire sortit de son bureau et alla prendre l'air sur le parking devant l'étude. Il alluma une cigarette pour se donner une contenance, mais l'éteignit rapidement en réalisant que fumer accentuait le sentiment de nausée qu'il avait depuis son lever. *Je ne touche plus une goutte d'alcool de ma vie!* se promit-il. Il ouvrit la portière arrière gauche de sa voiture, comme la veille et vérifia si aucun objet ne traînait sur la banquette ou sur le sol. Rien. Il rentra à l'étude et s'enferma. Il fit les cent pas autour du bureau, découvrit sur le parquet des traces d'usure qu'il n'avait jamais remarquées, une fissure à l'angle du mur, de la poussière sur le cadre de sa photo de promo. Et le visage de cette femme qui s'imposait en surimpression sur tout ce qu'il regardait!

Le téléphone l'arracha à ces images obsédantes.

– Je vous passe votre beau-père.

– Allo! Bonjour! lança Raymond d'une voix qu'il voulait enjouée.

– Bonjour Raymond.

– Alors, ce mal de crâne?

– La tête va un peu mieux ce matin, enfin c'est une façon de parler... J'ai essayé de t'appeler tout à l'heure...

– Et l'estomac?

– L'estomac aussi, rassure-toi. Mais ce qui ne va pas c'est... Le chien d'hier soir, en fait c'était bien une femme. J'ai retrouvé son sac à main.

– Qu'est-ce que c'est que cette histoire?

– C'est comme ça Raymond! J'avais peut-être bu, mais tu vois, j'ai pas rêvé.

– Mais il était où, ce sac?

– Dans la voiture... mais, attends, la meilleure, c'est qu'elle avait pris rendez-vous avec moi ce matin à l'étude. Elle est journaliste à la revue « Professions Libérales Magazine » et elle s'appelle Nadia Moreno.

– Nadia Moreno ...

– Tu m'écoutes Raymond ?

– Oui, oui, je t'écoute, mais je réfléchis. Rappelle-toi, quand on est arrivé au bosquet il n'y avait personne ! La fille que tu as renversée n'était sans doute que blessée. Et elle est partie. Allez, fils, calme-toi !

– Écoute, Raymond, j'ai sa photo sous les yeux.

– Tu es sûr que c'est la même personne ?

– C'est elle. Il n'y a aucun doute pour moi. Tu sais, même saoul, j'ai mémorisé son visage. Et attends, je t'ai pas tout dit : il y avait un couteau à cran d'arrêt dans son sac. Tu te rends compte ? Une arme de malfrat dans un sac de femme.

– Ça ou une bombe lacrymogène, tu sais, c'est fait avant tout pour se rassurer, relativisa Raymond. Quant à la photo, bon, OK, admettons... Moi, ce que je trouve bizarre c'est qu'une journaliste se soit trouvée à cet endroit à cette heure-là. Si tu veux mon sentiment, elle y faisait quelque chose de pas très... comment dire... règlementaire. Et c'est pour cette raison qu'elle est repartie comme elle a pu quand elle a repris ses esprits. J'ai l'intuition que cette fille ne se présentera pas à ton bureau.

– On verra bien, Raymond, j'espère que tu as raison...

– Et le sac ?

– Quoi le sac ?

– Si tu veux je passe le prendre et je l'amène aux objets trouvés à la Mairie en disant que c'est moi qui l'ai ramassé dans la rue et voilà tout. On va pas passer notre vie sur cette histoire, tout de même.

– Je vais aller l'apporter à la gendarmerie.

– Manu, réfléchis bien, je ne sais pas si c'est vraiment une bonne idée.

– Je ne suis pas malhonnête, je ne veux rien avoir à me reprocher.

– Écoute, dis-leur simplement que tu as trouvé ce sac

sur la route et que ce matin elle n'est pas venue à votre rendez-vous.

– N'aie crainte Raymond, mais j'ai besoin d'être en règle.

– Manu, ne t'emballe pas. Tu peux attendre un jour ou deux avant d'aller porter ce sac...

– Merci d'avoir appelé, Raymond. Ça m'a aidé d'en parler avec toi, ça m'a rassuré.

– Tu peux compter sur moi Manu. Tu le sais.

– Je te tiens au courant Raymond.

Emmanuel Delpoux était plus calme. Son beau-père avait le don de le tranquilliser. Il ne se sentait plus seul.

– Marilyne, je m'absente une heure. Je repasserai ensuite à l'étude.

Elle vit passer son patron à toute vitesse, sous ses yeux ébahis, sans comprendre ce qu'il venait de lui dire. Il avait l'air tellement pressé...

– Euh... bien Monsieur, répondit-elle automatiquement.

Ce n'est tout de même pas le père Puech qui l'a mis dans cet état ce matin ! se dit-elle. *Pour une simple modification de testament... Ce n'est pas dans ses habitudes. Mais c'est vrai qu'il a mauvaise mine...*

Emmanuel monta dans sa voiture et jeta le sac à main sur le siège passager. Il allait démarrer mais se ravisa. Qu'allait-il raconter aux gendarmes ? Comment arranger les faits ? Il pourrait peut-être parler seul à seul avec son camarade de collège et brigadier-chef, Philippe Lalanne. Ce serait plus facile.

L'entretien se déroula en tête à tête. La rigidité tricolore du brigadier Lalanne se borna à constater que cette jeune femme avait perdu son sac, n'était pas journaliste comme le prétendait la carte de presse et ne s'était pas manifestée jusqu'à présent, malgré un rendez-vous prévu à l'étude. Emmanuel fut soulagé... jusqu'à ce coup de fil du gendarme, une heure plus tard, lui annonçant que la jeune femme n'existait pas :

– Comment ça, elle n'existe pas ?

– Ben ouais... à l'Etat Civil, à Nantes, y répondent que Nadia Moreno, née le 11 avril 1950 à Epernay, n'existe pas. En tout cas, pas comme citoyenne française. Et vu qu'elle a un permis de conduire français, y a un blème... Tu saisis ?

– Euh... oui... Je comprends...

– Et puis j'ai appelé les hôpitaux du coin, on sait jamais.

– Mais que comptez-vous faire ?

– On reste en vigilance maximum.

– Oui... c'est-à-dire ?

– On attend, tu saisis ?

– Non...

– Ben on attend. On attend qu'elle se manifeste, sinon...

– Sinon quoi ?

– Rien.

– Rien quoi ?

– Eh ben rien, on attend en vigilance maximum.

Emmanuel resta interloqué.

– Tu sais Manu, il faut rester prudent. Alors si cette fille t'appelle ou alors un de ses collègues, tu me préviens. C'est peut-être des cambrioleurs qui sondent le terrain, tu piges ? Ils viennent repérer les lieux sous de faux prétextes et ni vu ni connu, le lendemain t'as la maison vidée.

– Merci Philippe ! Merci beaucoup, assura Emmanuel aussi chaleureusement qu'il le put.

– Y a pas de quoi !

– Mais Philippe, tu penses réellement qu'elle...

– On n'est jamais trop prudent. Fais gaffe quand même. Si tu vois quelque chose de suspect, avertis-moi tout de suite.

– Mais tu penses à quoi ?

– Je sais pas mais des gens avec des faux papiers... moi je m'en méfie.

– Au revoir Philippe.

– C'est ça, au revoir Manu.

Emmanuel regardait fixement la photocopie du permis et de la carte de presse de cette jeune femme.

Qu'est-ce que c'est que cette histoire ? Putain, je suis dans la merde... Je suis vraiment dans la...

6

Après l'accident, à peine Raymond Robert avait-il déposé son gendre alcoolisé qu'il sentit la fatigue s'abattre sur lui. Il secoua la tête, se frotta le visage énergiquement et se ressaisit : la nuit ne faisait que commencer.

Sa première idée avait été d'aller chez lui, le terrain était assez grand pour ce qu'il avait à faire. Mais il avait renoncé. Trop visité, trop visible. Sa remise lui servait de boutique d'antiquités et de nombreux inconnus venaient y fouiner à la recherche de la pièce rare. Quant à la Finette, sa voisine qui se postait en observation derrière sa fenêtre au moindre bruit, jour et nuit, elle n'aurait pas manqué de donner l'alerte.

En roulant, Raymond se rendit compte qu'il avait mal aux dents tellement il crispait sa mâchoire pour se donner du courage. Il se concentrait pour tenir ses paupières ouvertes et ne pas lâcher des yeux le faisceau des phares qui ouvrait son chemin dans la nuit. Il arriva à la cabane des chasseurs du Peyroux. Plus personne n'y venait depuis que Fernand Lespinasse s'y était donné la mort d'un coup de carabine dans la bouche. Sacré mauvais chasseur ce Fernand. Même ce jour-là il avait mal visé. Sa mâchoire avait volé en éclats sur les murs de planches et il s'était traîné vers la porte en laissant une large mare de sang sur le sol. Spectacle terrible qu'avaient conté et raconté ceux qui l'avaient trouvé deux jours plus tard. Tout le village avait entendu l'histoire avec suffisamment de détails pour frôler la nausée rien qu'à l'idée de s'approcher des lieux.

Il gara sa Volvo break en travers du chemin. Il fit sauter le cadenas rouillé sans difficulté et la porte d'entrée grinça. La cabane ne comportait qu'une pièce. Un poêle en constituait le principal mobilier, avec une table et quelques chaises. Un placard à côté de la réserve de bois sec recelait quelques légumes en conserves aux étiquettes flétries, du café, du sucre tirant aujourd'hui vers le brun bien qu'il fût blanc lorsqu'on l'apporta des années auparavant. Aucun des anciens habitués des lieux n'avait trouvé le courage de venir les récupérer et les insectes attendaient avec gourmandise que le temps et la rouille transpercent les boîtes qui les contenaient. Les volets de l'unique fenêtre semblaient ne jamais avoir été ouverts.

La pelle était posée juste à l'entrée de la cabane, derrière la porte. Il s'en saisit et se dirigea vers la clairière en contrebas. Il commença à creuser. Rapidement, il transpira malgré le froid de janvier. La terre était lourde. Lourde de la pluie de l'hiver ou lourde du poids des années. Ce n'était plus de son âge. Il avait pensé ne plus jamais avoir à creuser ainsi. Creuser comme il avait dû le faire quarante ans plus tôt quand, jeune suédois arrivé dans le Lot par un réseau clandestin d'amitiés communistes, il avait été confié avec sa fille à un groupe de résistants. Ces nouveaux camarades l'avaient cantonné à l'inhumation à la sauvette de frères d'armes tombés au combat. Combien de fosses avait-il dû creuser avant que toute suspicion disparaisse ? Il avait espéré que tout cela était loin derrière lui. Aurait-il la force aujourd'hui ? Il serra les mâchoires. Il n'avait pas le choix. Il devait le faire. Pour Emmanuel, pour Cathy, pour Louis. Il tombait de sommeil. Il creusait sans relâche. *Encore quelques centimètres*, se disait-il. Quand le trou fut assez profond, il s'en retourna à la voiture.

Il ouvrit le coffre, jeta un regard alentour et souleva l'écharpe jaune. Il découvrit le visage de la jeune femme.

Il la saisit par la main pour la sortir de la voiture et la relâcha aussitôt. Sa peau était chaude !

Fébrilement, il chercha le pouls sur son poignet : rien. Il tâta l'artère carotide : rien sur le cou. Il avait les doigts gelés, il ne sentait rien. Il souleva le pan du chemisier et plaça sa main sous le sein gauche de la jeune femme. Ses doigts se réchauffèrent. Il prit une grande inspiration et resta immobile. Il perçut la pulsation, infime. Le cœur battait.

Raymond passa sa main sur son crâne dégarni. *Bon dieu, qu'est-ce que je vais faire de toi maintenant ? Tout aurait été si simple si tu avais bien voulu mourir.*

Il alluma les phares et dans leur lumière, il chargea le fardeau sur son épaule et le déposa sur le sol de la cabane, près de la trace de sang qui avait tourné au noir sale. Il avait autrefois fréquenté les lieux avec quelques amis prompts de la gâchette. Il tira au milieu de la pièce la table qu'il avait si souvent vue encombrée de cadavres de perdrix, de faisans et de lièvres et y posa le corps inerte.

Il alluma une lampe à pétrole et observa le corps. La jeune femme devait avoir une trentaine d'années, la chevelure brune bouclée, le teint plutôt mat. Une expression de douleur muette contractait ses traits. Les blessures semblaient superficielles mais le pantalon déchiré, rougi de sang, adhérait aux plaies. Ses vêtements étaient trempés et tachés d'humus du bosquet de Malepuis. Raymond décida de déshabiller la blessée. Il devait lui retirer ses vêtements pour juger de son état et éviter qu'elle ne prenne froid. Il attrapa sur une étagère poussiéreuse un couteau dont la lame avait assurément éviscéré nombre de gibiers. Il entreprit de découper son pull, lentement et méthodiquement, sans risquer de la réveiller. Il manipulait le corps avec beaucoup de délicatesse, le retournant, soulevant un bras sans déranger le sommeil de cette belle au bois dormant. Quand il décolla méticuleusement le jean de la blessure, la jeune femme gémit. Par réflexe, il la lâcha et recula d'un pas. Puis il se sentit stupide. De quoi avait-il peur ? Qu'elle lui saute à la gorge ?

Il constata avec soulagement qu'aucune fracture n'était visible. Il courut à la voiture chercher les couvertures dans lesquelles il emballait les meubles de valeur qu'il récupérait. Quand il revint, il s'arrêta sur le pas de la porte et regarda la blessée. Elle était nue, elle était belle. Une sportive ! se dit-il en considérant le ventre musclé et les cuisses fuselées. Il y avait longtemps qu'il n'avait pas vu un corps si jeune, si beau, si svelte, offert à son regard sans aucune pudeur. *Pourquoi me donner tout ce mal ?* se demanda-t-il. *Peut-être que je ferais mieux de la tuer tout de suite. Ça règlerait tout.* Il le savait, mais...

Mais, même s'il n'avait parfois pas la conscience parfaitement tranquille, il n'en était tout simplement pas capable. L'achever dépassait son entendement, ses limites tant morales que physiques. L'idée même le révulsait. Et malgré son passé, l'empathie était le sentiment qui l'emportait chez lui. Elle souffrait. Il ne savait pas faire autrement que d'essayer de la soulager. Mais elle représentait un danger. Dans quel merdier l'avait entraîné Emmanuel !

– Et toi, qu'est-ce que tu fichais sur cette route au milieu de la nuit, petite conne ? Et pourquoi tu t'es jetée sous les roues de Manu ? Tu t'es mise dans un sacré pétrin, tu sais... et moi avec. Je vais mettre ta vie entre parenthèses, au moins pendant quelques jours. Et puis tu viens d'où ? Tu es qui ? Tu fais quoi dans la vie à part déambuler la nuit dans les villages du Lot ? Tu as une famille ? Est-ce que quelqu'un s'inquiète pour toi en ce moment... à part moi ?

Il nettoya les plaies avec des compresses qu'il avait trouvées dans la trousse de premiers secours de sa voiture. Il ramassa les vêtements souillés de sang et fouilla les poches du pantalon. La récolte fut maigre, en tout et pour tout quelques mouchoirs jetables. Puis finalement, dans la poche intérieure du blouson, il découvrit une clé accrochée à un écusson de l'Hôtel le Pont d'Or à Figeac portant au dos le numéro 18.

– Merci Mademoiselle ! Ça va sûrement m'aider.

Il approcha sa montre de la lampe à pétrole. Il n'était même pas six heures du matin. Deux heures à attendre avant l'ouverture de l'hôtel. La fille semblait dormir profondément. Il fit chauffer de l'eau sur un réchaud, qui, miracle, contenait encore assez de gaz pour préparer quelques bols de café soluble. Il avala une gorgée du liquide brûlant qui répandit une onde de chaleur bienfaisante dans sa grande carcasse presque septuagénaire.

Il se resservit un nouveau bol de café pour lutter contre le sommeil qui commençait à se faire sentir, alla à la porte de l'abri pour respirer l'air matinal de janvier. La fille bougea un peu, émit un faible murmure et sombra à nouveau dans son sommeil. Raymond réalisa qu'il ne pouvait prendre le risque de la laisser s'échapper pendant son aller-retour à Figeac. Il attrapa sa corde de vingt mètres dans son coffre et la ligota à la table. Il utilisa l'écharpe jaune de la demoiselle pour la bâillonner. Puis il referma soigneusement la porte de la cabane de chasse et partit pour Figeac.

Raymond avait plié dans un papier kraft une balance romaine qu'il n'arrivait pas à vendre. Son stratagème était simple : si quelqu'un attendait la jeune fille dans la chambre d'hôtel, il prétendrait être un livreur en charge d'un colis pour la chambre 26.

Il se gara à une centaine de mètres. Sa voiture était connue jusqu'à Figeac, où il venait parfois vider la maison d'une personne décédée quand la famille préférait ne pas s'en charger. Il aimait son métier d'antiquaire, on disait plus facilement brocanteur dans le coin. Mais Raymond avait l'œil aguerri pour repérer les pièces rares et de valeur. Il les vendait à un public de citadins peu connaisseurs mais fortunés. Sa remise servait d'exposition au tout-venant pour la clientèle locale. Il marcha lentement le long des Allées Victor Hugo, d'un pas ni trop rapide, ni exagérément décontracté. Il voulait passer inaperçu, sa démarche devait sembler naturelle en ce temps hivernal qui poussait chacun à se presser pour retrouver un peu de chaleur.

A la réception, un homme sans âge, le crâne dégarni, chaussé de lunettes de myope, le regarda s'approcher. Raymond hésita à lui adresser la parole, puis tenta le tout pour le tout et passa juste devant lui, le saluant de la tête, comme l'aurait fait un client qui rejoignait l'hôtel après une nuit de débauche. Le gars baissa la tête et se replongea dans la lecture de son roman photo à l'eau de rose.

Raymond avait imaginé que la chambre 18 se trouvait au premier, le chiffre des dizaines indiquant l'étage. Il ne s'était pas trompé et dans le couloir trônaient les portes numérotées 11 à 19. Il trouva facilement le numéro 18, sortit le paquet de son pardessus et frappa à la porte. Personne ne répondit. Il utilisa la clef.

La décoration de la chambre 18 évoquait les années soixante, avec un lavabo et un bidet dans un coin, un énorme radiateur en fonte sous la fenêtre, des rideaux à fleurs et une tapisserie elle aussi à fleurs. Le lit, au milieu, ne laissait que peu de place pour circuler autour, d'autant qu'une armoire en formica mal vieilli finissait d'occuper le peu d'espace libre. Raymond verrouilla la porte derrière lui.

Quelque chose lui sembla étrange dans la chambre. Pas dans la pièce elle-même mais dans la façon dont la cliente l'avait investie. Il n'y avait pas de bagages ! Il trouva simplement un minuscule sac de sport Adidas dans lequel il n'aurait pu ranger qu'une paire de basket. Il alla inspecter la salle d'eau. Le strict minimum en produits de toilette, mais une énorme trousse à maquillage. Et plus étrange encore, deux perruques. Une blonde et une rousse frisée. *C'est une pute.* Cela aurait si bien expliqué qu'elle se trouvât de nuit dans la rue...

Il décida de détailler le contenu du sac, espérant y trouver une pièce d'identité. Il le posa sur le lit et l'ouvrit. *Une pute, ça a souvent un mac*, pensa-t-il. *Ça risque de faire des complications.* Mais rien ne permettait d'identifier son invitée. Un pyjama, des dessous féminins, *c'est pas des trucs de pute, ça. C'est pas assez sexy,* un bloc-notes dont plusieurs pages avaient été arrachées, celles qui restaient étaient blanches. Par réflexe, il chercha la poubelle des yeux. Elle était vide. Et une petite robe bleue, assurément trop légère pour la saison, sauf si l'ambiance était des plus chaudes. Il eut un petit sourire de satisfaction en la dépliant et en imaginant la jeune fille roulée dans ses couvertures vêtues de ce minuscule bout de tissu. Une enveloppe brune en tomba. Il se pencha pour la ramasser. Elle n'était pas cachetée. Rien n'était inscrit dessus. A l'intérieur, une photo. Non, deux.

Raymond regarda la première. Le souffle coupé, il s'assit sur le lit. Son cœur battait à tout rompre. Un seul coup d'œil avait suffi à le terroriser. Il voyait ses mains qui tremblaient. Il ferma les yeux, mais tout tournait. Il les rouvrit. *Comment est-ce possible ? Personne ne sait ! Personne n'est au courant...* C'était une photo du Tableau. Le Tableau ! La seule toile qu'il avait ramenée de Suède, roulée dans sa valise, à l'époque où il s'appelait encore Björn Svalneson. Une œuvre de Max Beckmann, peu connue, peu cotée, de la période où il peignait des tableaux tourmentés de la Forêt-Noire, aux arbres torturés. Le dernier que lui avait confié Günter Heinemann et qu'il n'avait pas pu se résoudre à abandonner. Tout naturellement il l'avait offert à sa fille. Mais comment cette inconnue pouvait-elle avoir une photo de ce tableau qui était chez Cathy depuis plus de dix ans ? Quel lien avait-elle avec Emmanuel et Cathy ? Son gendre ne lui avait-il pas tout dit ? Il regarda la deuxième photo. Un cliché en noir et blanc qui datait des années trente, représentant une famille juive, comme l'homme à la kippa et le chandelier à sept branches posé sur la table en témoignaient. Le Tableau décorait le mur du fond. *Putain, elle a fait le lien avec moi !*

Raymond glissa les photos dans sa veste. Il récupéra les perruques, le maquillage, la robe et fourra le tout dans le sac. Sa main heurta un objet métallique resté dans une poche intérieure. Il comprit instinctivement de quoi il s'agissait. Une arme de poing, assez petite, maniable, bien adaptée à une main féminine. Un Beretta Tomcat. Le vieil homme vérifia le chargeur. Il était plein. Il le retira et le glissa dans sa poche. *Nom de dieu, mais qui est cette fille ?* Il passa méthodiquement un mouchoir sur toutes les surfaces qu'il avait pu toucher. Il glissa l'arme dans le sac, ouvrit la fenêtre et jeta le tout dans l'arrière-cour en contrebas.

Raymond le récupéra dès qu'il eut quitté l'hôtel avec simplement un « au revoir Monsieur » qui ne fit même pas lever la tête au réceptionniste. En s'asseyant au volant de sa Volvo, il remarqua qu'il tremblait encore. Il attendit quelques minutes avant de démarrer.

Il envisagea les options, les tenants et les aboutissants en un instant. Cette fille en savait assurément déjà trop. La supprimer ? Elle pouvait avoir des complices, des collègues qui lui tomberaient dessus si elle ne réapparaissait pas. La torturer pour savoir ce qu'elle savait ? Il n'avait pas le talent nécessaire. *Il faut que j'aie du temps pour la faire parler. Je dois la séquestrer.* Il se gratta le menton puis fit claquer ses doigts. Il avait trouvé la solution.

Il roula dans les rues étroites de Figeac jusqu'à ce qu'il aperçoive une croix verte. Il se gara d'une manière plutôt brutale, ce qui ne lui ressemblait guère, à vingt bons centimètres du trottoir. Il pénétra dans la pharmacie et une jeune préparatrice désœuvrée et peu souriante s'approcha aussitôt.

– Monsieur ?

– Euh oui. Bonjour Mademoiselle. Je voudrais euh... des bandes et du plâtre, pour une jambe... pour une fracture... euh, là, voyez-vous.

Elle le dévisagea avec curiosité.

– Mais non, ce n'est pas pour moi. C'est pour ma petite fille. Il faut lui refaire son plâtre qui est... euh... cassé. Cassé c'est ça, elle a glissé sur une plaque de glace ! Il faut lui refaire son plâtre.

– Vous êtes... sûr de vous ?

– Oui Mademoiselle.

– Je vais voir, vous patientez.

Il se sentait mal à l'aise dans cette pharmacie aseptisée et dans son mensonge de débutant. Il sentait bien que quelque chose clochait dans son discours, mais...

– Voici ce que nous avons.

Elle lui présenta des bandelettes plâtrées prêtes à l'emploi.

– C'est nouveau mais plus pratique, surtout lorsqu'on n'a pas trop l'habitude !

– C'est ça, c'est exactement ce qu'il me faut, dit-il, pressé de quitter les lieux. En avez-vous d'autres Mademoiselle ? Il m'en faudrait plus.

La jeune préparatrice le regarda à nouveau avec suspicion.

– Elle s'est cassée les deux jambes ?

– Non, mais c'est au cas où on louperait le premier plâtre... vous comprenez.

– Ça serait mieux de le faire... faire par un médecin.

Raymond répondit d'un sourire, se dépêcha de payer et de partir, soulagé. Mais aussitôt il se rendit compte qu'il n'avait rien pour soulager la douleur. Il rebroussa chemin, entra à nouveau dans la pharmacie et tomba nez à nez avec la préparatrice qui trompait son désœuvrement en classant des brosses à dents par couleur sur un présentoir.

– J'ai oublié... il me faudrait de l'aspirine pour les douleurs.

– C'est tout ? Vous êtes sûr ?

– Oui, cette fois, je crois.

De retour dans le bois, Raymond gara sa voiture sur le bord de la route et fit les derniers cent mètres à pied afin que d'éventuels promeneurs l'imaginent en ballade. Devant la cabane, il eut un instant d'hésitation. Comment allait-il retrouver sa prisonnière ? Serait-elle toujours en vie ? Encore évanouie ? Il poussa la porte lentement, la faisant crisser sur ses gonds. Il faudrait qu'il apporte de l'huile. La fille était toujours inconsciente mais il remarqua que son visage n'était plus tourné du même côté.

Il s'approcha silencieusement, comme s'il craignait de la réveiller. Il posa sa main sur sa poitrine. Elle se soulevait régulièrement. Il vérifia qu'elle était toujours sans connaissance. Il désinfecta les plaies des mollets et des genoux. Il les recouvrit d'une gaze puis commença à enrouler une bande autour de sa jambe gauche, du pied à l'aine. Satisfait, il eut un sourire et répéta la même opération sur la jambe droite. Deux jambes plâtrées, rien de mieux pour immobiliser quelqu'un en lui laissant croire qu'on ne veille qu'à sa guérison.

Il patienta. Le temps hivernal jouait contre lui. Il faisait froid, vraiment froid. Il ne pouvait pas envisager de la laisser dans la cabane sous peine de devoir guérir une pneumonie qui, elle, ne serait pas imaginaire. Pourtant il devait patienter deux jours encore. François Pagnon, son ami du club de boules, partait un mois au sud de l'Espagne en lui laissant ses clefs. Idéal pour y cacher sa brune plâtrée. Il pourrait toujours prétexter la nécessité d'y nourrir les poules et les lapins pour justifier ses allées et venues à qui aurait l'étrange idée de s'en mêler.

Pour l'heure, il la laisserait ici. Il faudrait simplement qu'il apporte un poêle à gaz, le poêle à bois laissait s'échapper un filet de fumée trop repérable au-dessus de la cabane maudite. Il ligota à nouveau la blessée à la table, replaça l'écharpe jaune en bâillon et partit chez lui récupérer l'attirail du parfait kidnappeur.

Il décida de téléphoner à Emmanuel avant de repartir à la cabane. Marilyne le lui passa avec la déférence dont elle faisait toujours montre pour le beau-père du notaire. Elle employait le même ton avec tous les clients mais cela, il ne le savait pas.

Quand Emmanuel lui annonça avoir retrouvé le sac de la fille, Raymond essaya tant bien que mal de le rassurer. Il le sentait écrasé par la culpabilité et redoutait qu'il aille tout avouer aux gendarmes. Raymond ne voulait pas laisser transparaître ses propres inquiétudes : *Une journaliste ? Avec des photos du Tableau ? Elle enquête forcément sur moi.* Il raccrocha mais resta un instant la main posée sur le combiné téléphonique. Comme quarante ans auparavant, la priorité serait de protéger Cathy coûte que coûte, comme il l'avait promis à Günter et Gertrud Heinemann. Il pensa à la blessée, attachée sur la table, seule avec sa douleur. Mais Raymond ne ressentit plus pour elle la compassion qui lui était naturelle. Cette fille était une menace, il la traiterait comme telle.

7

La main gauche de Gérard Masbou descendait et remontait lentement de la nuque aux fesses de Cathy, frôlant délicatement sa peau tiède. Après leur étreinte matinale, les deux amants reposaient nus dans le lit du minuscule studio qu'occupait Gérard boulevard Juskievsky, dans le centre de Figeac.

– Mmmhhh ! J'adore quand tu me caresses comme ça, après l'amour…, soupira-t-elle. Tes mains sont un don du ciel.

Gérard sourit et ne répondit pas, se contentant de poursuivre ce va-et-vient qui semblait combler sa maîtresse.

Ce matin, il l'avait attendue comme toujours avec un café parfumé à la cardamome et des pains aux raisins encore chauds. Le lit était fait, les draps changés et parfumés. Cet homme aurait dû être un modèle pour tous les amants de la Terre. Aucun détail ne manquait au tableau, ni les fleurs dans l'entrée, ni la bougie sur la table de nuit. Gérard avait à cœur de faire de ce studio une alcôve en dehors du temps, loin du fracas du monde, un écrin intime juste pour elle, lui et leur amour. Ici, Cathy était aux antipodes du standing cossu et aseptisé que lui offrait Emmanuel. Pourtant, c'était dans ces trente mètres carrés qu'elle se sentait enfin vivre et être elle-même.

Elle était arrivée vers dix heures, sortant visiblement de chez son coiffeur. Dès qu'il avait ouvert la porte, elle s'était littéralement jetée sur lui et ils ne s'étaient pas parlés, préférant faire l'amour dans l'urgence, comme si leur vie en dépendait.

À chaque rencontre, une fois le corps de l'un rassasié du corps de l'autre, ils discutaient sur les moyens de quitter ce foutu pays et ses habitants. Mais l'argent manquait pour s'installer ailleurs et mener une vie décente, même si leur besoin essentiel était de trouver un peu de quiétude quelque part pour vivre leur amour au grand jour et sans entrave.

La vente du tableau n'avait pas rapporté grand-chose, toutes proportions gardées, à peine cent cinquante mille francs. Et Gérard était empêtré dans la cession de son atelier. Il n'avait pas cherché de repreneur au sens strict, juste quelqu'un qui ait besoin de deux cent mètres carrés pour y faire n'importe quoi. Mais au fin fond du Lot et par les temps qui couraient, cela ne se trouvait pas en claquant des doigts. Il se maudissait d'avoir acheté ce hangar plutôt que d'avoir pris une location, mais c'était avant Cathy... Il y avait enterré ses économies à une époque où il se sentait pousser des ailes après la vente de trois sculptures monumentales d'Apollon à un américain amateur d'art.

Gérard n'était pas le plus beau des amants qui avaient croisé la route de Cathy. Mais jamais un homme ne l'avait comprise et comblée comme lui. Et ses mains ! Du velours ! Elles la caressaient avec la délicatesse des anges. Rien à voir avec l'impatience maladroite de son mari. Pauvre Emmanuel, si peu doué pour l'amour et si peu à l'écoute du corps de son épouse. Les mains de Gérard, elles, savaient la rassurer, la maîtriser, la faire hurler de plaisir. Il n'était pas sculpteur pour rien.

Ils s'étaient connus quatre mois auparavant, lors du

vernissage d'un peintre cadurcien où ils étaient tous les deux invités. Leur passion commune pour l'art leur avait permis d'engager rapidement la conversation et tout était allé très vite, comme une évidence.

Ils avaient fini la soirée dans l'atelier de Gérard et avaient fait l'amour au milieu de ses sculptures. Cathy n'aurait pu rêver mieux : son nouvel amant, aussi fougueux que prévenant, aussi tendre que sensuel, était un artiste ! Avec lui, elle replongeait dans le monde qu'elle avait abandonné quinze ans plus tôt, quand elle avait renoncé à sa carrière de photographe pour devenir épouse parfaite et mère irréprochable. Bien sûr, Emmanuel avait tenu à ce qu'elle conserve un atelier, avec studio de prise de vue et chambre noire, mais c'était pour se donner bonne conscience. Cela faisait longtemps qu'il ne lui avait plus demandé à voir son travail, qu'il ne s'était plus extasié devant ses photos comme il l'avait fait au début. Son couple était à l'agonie et le pire était qu'Emmanuel ne s'en doutait probablement pas. Cathy ne s'était jamais sentie épanouie avec son mari, le confort et le statut social n'étaient qu'un écran de fumée qui n'avait pas longtemps masqué le manque de complicité et l'absence d'écoute d'un époux obnubilé par son travail. Seule la naissance de Louis avait amené un rayon de soleil dans sa vie. Mais lorsqu'en elle la femme avait repris le dessus sur la mère, Cathy avait commencé à tromper Emmanuel. Des aventures sans lendemain la plupart du temps, mais qui lui amenaient enfin un peu de sensualité et d'adrénaline dans cette existence sans aspérité ni passion.

À présent, il y avait Gérard dont elle était folle amoureuse. Sa vie avait retrouvé un sens. Les projets affluaient. Le premier d'entre eux : partir ! Sans oublier Louis...

Comment concilier une fuite avec la garde de son

bout de chou de dix ans ? Gérard était ouvert à toutes les propositions, même les plus extravagantes. Mais son mari allait poser des conditions draconiennes. Il était notaire... et cela voulait tout dire. Autant il n'assumait pas le quotidien de l'éducation, autant il revendiquerait son droit de paternité. L'affaire était mal engagée avant même d'être engagée.

Gérard avait essayé de la rassurer, d'envisager toutes les possibilités. Mais Cathy n'entrevoyait que le pire. Son mari, son père, la morale et les bonnes mœurs. Rien ne plaidait en sa faveur.

– C'est bien que tu aies pu venir ce matin. Tu t'es libérée facilement ? demanda Gérard.

Cathy se retourna, s'adossa à l'oreiller et alluma une Camel.

– Ah ! Ne m'en parle pas... Je sais pas ce qu'a fabriqué mon mari cette nuit, il est rentré tellement saoul qu'il a même abîmé la voiture et ce matin, il en était tellement mortifié qu'il m'a sorti une grande déclaration au petit déj'. Enfin... tu vois ce que je veux dire, un truc pathétique.

– Tiens ? s'étonna Gérard. Ton notaire, c'est pas trop son genre de picoler, non ?

– Tu parles, confirma Cathy, d'ordinaire il est aussi peu porté sur la bouteille que sur le sexe, c'est dire... Mais bon, avec ses grandes résolutions, je redoute un peu qu'il se mette à « s'occuper de moi » et qu'il ne me laisse plus aller et venir comme je le fais... c'est ça qui m'inquiète en fait...

Gérard prit la cigarette de sa maîtresse, en tira une bouffée et la lui rendit.

– Ne te fais pas de souci, ma chérie. Avec son boulot, il est suffisamment pris pour te laisser faire ton « shopping » à Figeac aussi souvent que tu veux.

Les mots de Gérard avaient le don de dissiper les inquiétudes de Cathy. Elle écrasa sa Camel dans le cendrier, attira son amant vers elle et l'embrassa fougueusement à pleine bouche. Puis elle le plaqua sur le lit et l'enfourcha avec une gourmandise non dissimulée.

– Fais-moi encore l'amour avant que je parte, voyou, lui ordonna-t-elle. Rends-moi folle comme tu sais si bien le faire !

Vers treize heures, Cathy marchait le long du boulevard Juskievsky, resplendissante dans son corps de femme aimée, son désir rassasié par cet homme dont elle ne pouvait désormais plus se passer. Ses pas l'amenèrent incidemment devant la pharmacie Lasserre sans qu'elle se doute que, trois heures auparavant, son père y avait acheté tout le nécessaire pour immobiliser Nadia Moreno.

Toute absorbée par ses projets d'avenir et ses contraintes conjugales, elle heurta par mégarde un homme qui marchait en sens inverse sur le trottoir.

– Oh ! Désolée, Monsieur ! dit-elle à cet inconnu.

Etrangement, le passant ne continua pas son chemin et saisit Cathy par l'avant-bras. Etonnée par cette réaction singulière, elle le dévisagea. Il avait une quarantaine d'année, un faciès plutôt avenant mais ses yeux clairs, nichés au fond d'orbites proéminentes, la fixaient étrangement.

– Ne soyez pas désolée, Madame Delpoux, dit l'homme d'une voix sans expression, je voulais justement vous parler.

– Mais enfin, je ne vous connais pas, répliqua nerveusement Cathy en se dégageant. Je n'ai rien à vous dire et en plus, j'ai autre chose à faire. Laissez-moi passer !

– Autre chose à faire ? ironisa l'inconnu. Pas aller rendre visite à votre amant, car je crois que c'est déjà fait, n'est-ce pas, chère Madame Delpoux ?

Un sentiment de panique envahit Cathy. Qui était ce type ? Un détective privé engagé par Emmanuel ? Impossible... Elle avait toujours déployé des trésors d'ingéniosité pour que son mari ignore tout de son infortune.

– Mais qui êtes-vous enfin ? cria-t-elle, faisant se retourner un couple de personnes âgées qui passait à leur hauteur.

– Vous allez vous faire remarquer en parlant si fort en pleine rue, Madame Delpoux, répondit calmement l'homme. Vous êtes plus discrète d'habitude, surtout quand vous sortez du numéro vingt trois du boulevard Juskievsky. Je me trompe ?

Cathy le foudroya du regard mais ne répondit pas. Il continua :

– Bon, parlons peu mais parlons bien ! Je me contrefous de vos histoires de cul, mais par contre j'ai un service à vous demander, service que vous ne saurez me refuser dans les circonstances actuelles. Suivez-moi jusqu'à la CX noire garée à l'angle du boulevard. Je préfère vous parler discrètement.

Ils s'assirent sur la banquette arrière.

– Je vous écoute, souffla Cathy sans même regarder l'homme.

– Votre mari dispose d'un coffre fort, n'est-ce pas ?

Cathy hocha la tête.

– Il y a dans ce coffre fort un pli important aux yeux de la personne qui m'emploie.

– C'est qui ? demanda la jeune femme.

– Quand vous ouvrirez le coffre pour me ramener ce pli, Madame Delpoux, vous verrez inscrit sur l'enveloppe « Dossier Simerski / Florac. »

– Gaston Florac ? Je commence à comprendre... ironisa Cathy.

– Que vous compreniez ou non n'a aucune importance. La seule chose qui compte, c'est que sous quarante huit heures maximum, vous soyez assise à la même place et que vous me tendiez cette enveloppe. C'est tout.

– Qu'est-ce qui vous dit que j'ai le code du coffre de mon mari ?

– Je n'en sais rien et je m'en fous, chère madame, vous vous débrouillerez pour l'avoir et me ramener ce document. Et je suis sûr que vous y arriverez. Sinon...

– Sinon ?

– Sinon je me verrai dans l'obligation de faire beaucoup de peine à votre mari, chère madame. S'il se doutait, le pauvre homme, lui si amoureux de vous...

– Vous n'avez aucune preuve !

– Détrompez-vous, Madame Delpoux, je sais que vous êtes photographe, et bien, voyez-vous, moi aussi j'ai quelques talents dans ce domaine.

L'homme extirpa de la poche intérieure de sa veste une série de photos prises avec un téléobjectif. Gérard et Cathy y étaient aisément reconnaissables et leur position sur le lit du studio ne laissait aucun doute quant à la nature de leur relation.

– C'est dégueulasse ! cria Cathy.

– Je suis bien d'accord, répondit l'homme sans se départir de son calme, c'est vraiment dégueulasse... de tromper un type bien comme Maître Delpoux. Je ne vous retiens pas, chère madame, le temps presse, surtout pour vous. Quarante huit heures, rappelez-vous bien ! Ici même.

Cathy sortit de la voiture en claquant rageusement la portière.

Elle resta un moment sur le trottoir, désorientée, tandis que s'éloignait la Citroën noire de ce maître chanteur. Elle regarda sa montre et réalisa avec soulagement qu'elle avait prévenu son mari qu'elle ne rentrait pas entre midi et deux. Une seule chose pouvait lui apporter un peu de paix : revenir chez Gérard.

Il écarquilla les yeux en ouvrant la porte sur Cathy. Elle se jeta dans ses bras et éclata en sanglots.

– Mais enfin, Cathy, qu'est-ce qu'il se passe ? Tu ne devais pas aller faire des courses et rentrer à Lacapelle ? Mais pourquoi tu pleures ainsi ?

Il sentit les larmes de la jeune femme tremper le col de son peignoir. Il la serra un peu plus fort contre lui. Le nœud de la ceinture se défit et Cathy se retrouva plaquée contre sa peau nue. Elle n'eut aucun geste pour en profiter. Il en déduisit que la situation était grave.

Gérard la laissa se calmer et lui amena une tasse de café chaud.

– Bon, maintenant tu me dis tout, ma chérie, je t'écoute.

Cathy avait repris ses esprits et raconta tout à son amant.

– Oh ! Mon amour, soupira-t-elle, c'est affreux, j'ai l'impression d'être dans une souricière. J'aimerais qu'on parte tout de suite, qu'on quitte tout ce soir.

– Sois raisonnable, ma Cathy, tu sais bien qu'on ne tiendrait pas trois mois avec l'argent du tableau. Il faut d'abord que je vende ce maudit atelier pour qu'on puisse...

Il s'interrompit soudain et se leva pour se servir à son tour une tasse de café. Il semblait réfléchir intensément.

– À moins que... dit-il sur un ton énigmatique.

– Gérard, à quoi tu penses ?

– Simerski, tu vois pas qui c'est ?

– Ce nom me dit vaguement quelque chose...

– C'est normal, les médias en ont beaucoup parlé il y a quelques mois. C'est un truand qui est en taule pour un moment. Il a blanchi de l'argent et il a magouillé dans des appels d'offres publics. Son procès a fait tomber quelques élus et plusieurs patrons du BTP, des types du calibre de Florac.

– Mais tu crois que...

– Je sais pas exactement, mais il n'a pas envie que ça se sache.

– Et alors ?

– Alors... j'ai peut-être une idée.

– Gérard ! Tu veux pas être plus clair ?

– Tu l'as, le numéro du coffre de ton mari ?

– Oui... la plupart de mes bijoux sont dedans.

– Impeccable ! Tu vas faire comme t'as dit le type : tu ouvres le coffre, tu récupères cette fameuse enveloppe et je m'occuperai de la lui faire passer. Je ne veux pas que tu y ailles.

– Écoute, j'ai peur. Je vais le faire mais j'ai peur.

– Dans quelques semaines, toute cette histoire sera loin, Cathy. Allez, vas-y maintenant, ton mari ne doit se douter de rien. C'est une journée ordinaire...

Gérard embrassa longuement Cathy et la regarda quitter le studio. Elle lui envoya un dernier baiser du bout des doigts et referma la porte.

8

L'entretien avec le brigadier Lalanne avait eu au moins un avantage, celui de faire comprendre à Emmanuel qu'il n'avait aucune aide à attendre de la Gendarmerie Nationale. Au bout de deux heures de cogitation stérile à ressasser les mêmes idées noires, il appela Marilyne.

– Pourriez-vous m'apporter un bottin s'il vous plait ? Les pages jaunes.

– Bien Monsieur, tout de suite.

Dans la seconde, sa secrétaire attentionnée lui apportait l'annuaire téléphonique.

– Voulez-vous que je recherche un numéro ?

– Non merci, je vais me débrouiller tout seul.

Elle l'observa avec un regard maternel inquiet. Il était rarissime qu'il fasse quelque chose par lui-même, sans s'en remettre à elle. C'était comme une provocation de sa part ou un manque de confiance inacceptable.

– Vous êtes sûr ?

– Oui, oui, ne vous occupez pas de moi.

– Comme vous voulez, dit-elle presque vexée.

Dès qu'elle eut quitté le bureau, Emmanuel ouvrit le bottin à la lettre D, comme détective. Cela lui paraissait une évidence. Seul un détective pouvait désormais l'aider dans ses recherches. Quelqu'un de discret, de presque invisible. Quelqu'un qui saurait où chercher, où fouiller sans scrupule. Mais qui ?

Emmanuel éplucha les pages jaunes, ce qui fut fait en un rien de temps. Les détectives ne pullulaient pas dans cette région rurale. Finalement il se dit que ce n'était ni judicieux ni malin d'aller recruter quelqu'un à Figeac ou à Cahors. Tout se savait trop vite par ici. Il élimina Rodez et Millau, trop loin. Il opta pour Villefranche de Rouergue et rappela Marilyne.

– Il me faudrait plutôt l'annuaire de l'Aveyron. Nous avons cela ?

– Bien sûr Monsieur. Que voulez-vous que je cherche ? tenta-t-elle.

– Non rien, apportez-le moi.

Marilyne s'exécuta.

– Voici Monsieur. Si vous avez besoin que je... Elle s'interrompit, flairant que sa curiosité devenait trop flagrante.

– Marilyne, vous êtes très dévouée, mais je peux me débrouiller tout seul.

– Bien Monsieur, excusez-moi.

Elle quitta le bureau et Emmanuel la suivit des yeux jusqu'à ce qu'elle ferme la porte.

Il repéra la rubrique qui l'intéressait « Détective privé, enquêtes, filatures. » Comment choisir ? Ne pas prendre le premier, ce serait trop évident. Il décida de prendre le second, mais en partant de la fin. De toute façon il n'y avait que trois noms. Il opta donc pour le C.I.C., Cabinet d'Investigations Calvet, mentionné en caractères gras. Emmanuel composa le numéro, probablement rassuré par le mot « cabinet » qui évoquait un semblant de structure et d'organisation. Au bout de cinq sonneries, une voix excédée répondit :

– Allô !

– Euh ! Le cabinet Calvet ? se hasarda le notaire, un peu étonné par la froideur de l'accueil.

– Oh putain ! C'est pas vrai. Encore un appel pour ces branleurs ! fulmina la voix à l'autre bout du fil. Non, Monsieur, c'est pas le cabinet Calvet. Il n'y a plus de Cabinet Calvet. Ils ont mis la clef sous la porte l'an dernier et c'est moi qui ai eu la chance de récupérer leur putain de numéro à cause d'une erreur des télécoms. J'ai rien contre vous, Monsieur, mais j'en ai juste plein le dos de recevoir leurs coups de fil...

– Je suis désolé, Monsieur, toutes mes excuses... dit Emmanuel en raccrochant.

Ça commence bien! commenta-t-il en notant sur un calepin le numéro suivant dans la rubrique, Maurice Dupretz, 65.56.21.13, 18 rue Cluzel, Villefranche de Rouergue.

Cinq sonneries là aussi... puis une voix à peine plus aimable que la précédente.

– Hum hum, Maurice Dupretz à l'appareil.

– Monsieur Dupretz, détective privé ?

– Affirmatif, je répète. Vous appelez pourquoi ?

Emmanuel remarqua une musique en fond, réglée visiblement assez fort. Du violoncelle.

– Voilà, je cherche un détective et...

– Vous êtes au bon numéro.

– Et bien, j'aurais éventuellement besoin de vos services.

– Hum hum, c'est pour un adultère ?

– Euh, non, pas du tout... bafouilla le notaire, surpris par la question.

– C'est pour un recouvrement de créances ?

– Non plus, mais...

– Tant mieux. Bon, c'est pour quoi alors ?

– Est-ce que...

– Hum hum, allez-y.

– Euh... est-ce qu'on pourrait se rencontrer ?

– Attendez deux minutes ! coupa soudain le détective.

Emmanuel réalisa que l'homme avait posé le combiné et s'était éloigné du téléphone. Il entendit au loin le final majestueux d'un concerto puis le craquement d'un diamant qu'on arrache à la surface d'un disque vinyle.

– Oui, dit Dupretz en reprenant l'appareil en main.
– Je disais, est-ce que nous pourrions nous rencontrer ?
– Hum hum, sans doute, mais vous êtes... ?
– Oh pardon, Maître Emmanuel Delpoux, notaire à Lacapelle Marival.
Emmanuel se disait que, résumée en peu de mots, son histoire semblerait totalement délirante et que le détective allait l'envoyer balader.
– Pourrions-nous convenir d'un rendez-vous ? C'est possible ? Je préfère vous parler de mon « affaire » de vive voix.
– Hum hum, mais bien sûr cher Monsieur. Alors quand ?
– Le plus tôt possible...
– Aujourd'hui ? Demain ? La semaine prochaine ? Ce qui vous convient.
– C'est assez pressé, Monsieur... disons... dans deux heures ? Est-ce possible ? demanda Emmanuel timidement.
– Hum hum, effectivement, ça me semble urgent !
– Oui, c'est cela. C'est urgent. Je peux être là dans deux heures.
– Je vous attendrai à mon bureau, 18 rue Cluzel.
À peine avait-il raccroché qu'Emmanuel se demanda s'il avait bien fait de choisir un détective dans une petite ville de province. En plus il avait ce tic, ce « hum hum », ce raclement de gorge agaçant.
– Marilyne, je vais m'absenter tout l'après-midi. Vous gérez les appels.
– Bien Monsieur. Quelque chose de spécial ?
– Pardon ?
– Je voulais dire, avez-vous besoin de quelque chose de spécial ?
– Non, non. Merci.

Sur le trajet, il se rendit compte qu'il regardait avec

insistance dans son rétroviseur, plus qu'à son habitude. Il se moqua intérieurement de lui. *Ça va, James Bond, personne ne te suit !* Mais il réalisa que son collègue brigadier l'avait vraiment rendu paranoïaque. *De toute façon quelque chose ne tourne pas rond dans cette histoire. Cette fille n'était pas là par hasard à deux heures du matin.* Il se repassait le film de la veille. Le visage de Nadia Moreno lui revenait de plus en plus précisément, pourtant certains détails lui échappaient encore. Il essaya de rassembler ses idées pour exposer le tout, le plus clairement possible, à ce détective de l'Aveyron.

Emmanuel se gara à deux pas de la rue Cluzel. Il se rendit jusqu'au 18, vérifia que personne ne le suivait et entra dans le hall de l'immeuble. Il repéra sur une plaque de cuivre sérigraphiée, flambant neuve, « Maurice Dupretz, Détective Privé », soulignée de la mention « Sonnez puis entrez ». Il ouvrit la porte et se retrouva dans la salle d'attente. La pièce était lumineuse, spacieuse. Les murs peints en blanc lui conféraient une atmosphère assez froide. Ce devait être l'ancien salon d'un l'appartement transformé à peu de frais en office de détective. Pas même de tapisserie aux murs, ce qui était l'exigence de décoration minimale des endroits cossus. Il était un peu déçu. À quoi s'attendait-il ? Espérait-il se retrouver dans l'antre d'un détective hollywoodien, à la lumière tamisée par des lamelles de stores vénitiens, un foutoir de dossiers empilés, portant des mentions de meurtres ou d'enlèvements ? S'attendait-il à trouver des cadavres de bouteilles de whisky, des cendriers débordant de mégots de cigares cubains à demi fumés par quelques malfrats ou de cigarettes portant l'empreinte délicate de rouge à lèvres ? Et une secrétaire sculpturale, débordante de sourires séducteurs avec un décolleté dévoilant une superbe paire de seins à l'étroit dans leur chemisier ? Mais non, il était à Villefranche-de-Rouergue, il n'était qu'à Villefranche-de-Rouergue. Alors il s'assit sur un des fauteuils dépareillés et fit ce qu'il avait de mieux à faire dans une salle d'attente : il attendit. Il attendit même un bon quart d'heure et s'apprêtait à aller sonner à nouveau lorsque la porte s'ouvrit brusquement.

– Bonjour, hum hum, Maurice Dupretz. Vous êtes... Monsieur Delpoux, n'est-ce pas ?

C'était un homme sans âge et sans particularité qui lui tendait la main. Emmanuel ne réussit pas à masquer son étonnement. Le détective devina sa surprise.

– Vous savez, c'est un métier où il vaut mieux ne pas avoir la gueule de l'emploi...

Emmanuel acquiesça de la tête et emboîta le pas du maître des lieux qui le priait d'entrer. Le bureau était bien plus exigu que la salle d'attente, mais du même blanc chirurgical, et en dehors d'une table et trois chaises, le mobilier ne comptait qu'une bibliothèque dont la vitrine était fermée par un cadenas. *C'est là qu'il classe ses dossiers*, pensa-t-il. Emmanuel s'approcha pour jeter un coup d'œil discret. Les rayonnages n'étaient remplis que de romans de Georges Simenon, des plus connus à certains qu'il avait signés d'un de ses innombrables pseudonymes. Des éditions des années cinquante côtoyaient leurs rééditions récentes.

– Hum hum, asseyez-vous...

Emmanuel prit cela pour un ordre et obtempéra.

– Je vous écoute.

– Vous avez là une belle collection. Mon père était lui aussi un passionné de Simenon. Un collectionneur pointilleux et exigeant.

– Je n'ai pas exposé mes plus belles pièces ici.

– Avez-vous « M. Gallet décédé » ? Edition Arthème-Fayard 1931 ? Mon père en était très fier et...

– Venons-en aux faits, Monsieur Delpoux.

– Pardon...

Emmanuel voulut tellement être clair et précis qu'il butta sur ses idées, bafouilla, se reprit, revint en arrière.

– ... Pour résumer ce que je viens de vous expliquer, je pense être victime d'une machination de la part d'une journaliste parisienne qui voulait m'interviewer et dont j'ai découvert que sa carte de presse et même son identité étaient fausses. Et... Emmanuel hésita quelques secondes. Il venait de remarquer que son interlocuteur ne semblait l'écouter que d'une oreille distraite, tout occupé qu'il était à plier méticuleusement une page de son bloc-notes dont il tira une cocotte en papier.

– Et de plus j'ai... enfin, j'ai eu un accident de voiture avec cette personne la nuit dernière. Et elle a disparu.

– Hum hum, cher Monsieur, je perçois dans vos hésitations une difficulté tangible à formuler clairement votre requête, n'est-ce pas ?

– Ça semble compliqué, mais j'aurais tout aussi bien pu vous dire que je pense avoir tué quelqu'un qui n'existe pas ! Et c'est ça qui m'obsède.

– Bien sûr... Mais qu'attendez-vous de moi au juste ?

– Que vous retrouviez cette personne... et que je sache...

– Quoi ? Que vous sachiez quoi ? Vous a-t-on menacé ?

– Non. Mais... elle avait aussi un couteau à cran d'arrêt dans son sac.

– La belle affaire ! Je renouvelle ma question : vous a-t-on menacé ?

– Euh, non, enfin pas encore, concéda Emmanuel.

– Hum hum, alors ?

– Vous pensez quand même pouvoir m'aider ?

Maurice Dupretz afficha un sourire ironique et teinté de satisfaction.

– Comme vous ne le savez sûrement pas, j'ai l'immense privilège de choisir mes enquêtes. Alors si j'accepte la vôtre, c'est que je pense pouvoir démêler le sac de nœuds qui vous amène ici. Par contre, je préfère vous prévenir, ça pourra prendre du temps, selon les ramifications de votre affaire.

– Et vous croyez que...

– L'affaire me semble intéressante ou tout au moins suffisamment complexe pour être digne d'intérêt, mais...

– Mais ?

– Il nous reste un détail à aborder.

– Lequel ?

– Le prix ! Le prix, Monsieur. Et ce n'est pas le moindre des détails.

– Euh... quel est le montant pour... élucider mon problème ?

– Hum hum, disons qu'au vu de mon emploi du temps et... de ma notoriété, disons mille francs par jour...

– Ah quand même !

– Plus dix mille francs au moment de la conclusion de l'enquête...

– Euh...

– Hum hum, plus les frais divers, restaurant, hôtel, avion, cela va de soi. Et...

– Et ?

– Disons que le solde de tout compte sera... un exemplaire de « M. Gallet décédé », Edition Arthème-Fayard 1931.

– Vous n'y allez pas de main morte !

– C'est vous qui êtes venu sur mon terrain, Maître Delpoux.

– C'est une grosse somme et un gros sacrifice.

– Hum hum, c'est à prendre ou à laisser.

– Je n'ai pas le choix... j'ai besoin de savoir.

Maurice Dupretz pensa en lui-même que ce type, malgré ses moyens, devait être dans un sacré merdier pour accepter ainsi ses conditions sans négocier. Cela lui donnait envie d'en savoir plus.

– Vous commenceriez quand ? demanda Emmanuel.

– Tout de suite Maître Delpoux, tout de suite. Ce qui signifie que vous devez me verser un acompte de trois mille francs.

– Là, maintenant ?

– Oui, oui, en chèque ou en espèces, à votre convenance, pour sceller notre contrat.

Emmanuel sortit son chéquier et son Mont Blanc. En face de lui, Maurice Dupretz prit la feuille sur laquelle il avait consciencieusement consigné les points-clés de cette nouvelle enquête et la transforma d'un geste expert en cocotte en papier.

– Maître Delpoux, vous ne souhaitez pas de facture, je suppose ?

– Euh... non, merci, répondit Emmanuel les yeux rivés sur le volatile.

– Hum hum, merci à vous Monsieur Delpoux. Je serai chez vous disons... demain matin à huit heures.

– Plutôt à mon étude, ma femme n'est au courant de rien.

– Allons pour l'étude, si vous préférez. Mais il faudra sans doute que je la rencontre un de ces jours...

9

Cet après midi-là, Raymond accrocha sur la porte de son atelier la pancarte « Parti acheter des meubles ». Entre d'éventuels clients et sa prisonnière, il n'avait pas longtemps hésité sur sa priorité. Il rassembla tout le matériel qui lui manquait. En premier lieu le poêle à pétrole, qui dégageait une odeur nauséabonde mais qui était facile à transporter et qui chauffait sans émettre de fumée repérable. Il embarqua également un matelas de camping et un duvet. Des vêtements ensuite. Il serait bien obligé de la vêtir. Il ne trouva rien de très féminin, mais là n'était pas réellement la question. Il mesurait un mètre quatre-vingt-dix et pesait quatre-vingt-dix kilos. Le tout allait être surdimensionné, mais tant pis. Il pourrait lui enfiler un pantalon par dessus ses plâtres. Dans la cuisine, il se saisit d'une cagette en bois et la remplit de quelques provisions et d'une bouteille de vin rouge du Minervois. *Qu'est-ce que je vais bien pouvoir faire de cette fille ?* se demanda-t-il. *De toute façon, il va falloir que je trouve un lieu sûr avant qu'elle ne meure de froid.*

Mais par la fenêtre, il aperçut sa voisine, la Finette, qui épiait les allées et venues des chats, des chiens et trouvait la quintessence de sa journée dans l'observation des rares passants.

Cette vieille bique est trop curieuse ! Si elle pouvait claquer d'un arrêt cardiaque dans la nuit, ou se casser le col du fémur dans son escalier, ça arrangerait mes affaires. Elle m'emmerde ! Elles m'emmerdent.

De rage, il lança un coup de pied féroce dans le vide qui termina malencontreusement sa course dans la cagette. Elle explosa en mille éclats de bois et son contenu roula par terre. Raymond serra les poings.

Elles m'emmerdent !

Le téléphone sonna, répétitif, impatient.

– Allô ? fit-il, agacé.

– Raymond ? répondit une voix joviale, c'est François. Je te dérange ? Tu as l'air occupé.

– Non, grommela-t-il.

– Bon, je t'appelais juste pour confirmer pour ma maison. T'es toujours d'accord pour t'en occuper pendant nos vacances ? Tu te rappelles que je pars demain matin en Andalousie ?

– Oui ! Oui ! Bien sûr ! Avec plaisir ! Formidable !

– Ben dis donc, quel enthousiasme ! Je vais partir l'esprit léger ! Je me doutais pas que t'occuper de mes poules et de mes lapins te ferait autant plaisir !

– Bon, François, tu peux compter sur moi pour la maison, confirme-le à ta basse-cour.

– Bien sûr, tu passes chercher les clefs demain matin, à 8 heures, hein, parce qu'on partira pas trop tard.

– Huit heures sans faute. À demain, conclut Raymond avant de raccrocher.

Cette maison et sa basse-cour seraient l'alibi idéal pour justifier ses absences. Même s'il s'y occuperait d'une poule un peu particulière.

Raymond profita du trajet jusqu'à la cabane pour réviser sa stratégie. La fille était restée suffisamment longtemps inconsciente pour qu'il puisse lui faire croire n'importe quelle histoire. Ensuite, il n'aurait plus qu'à lui tirer les vers du nez en ayant le beau rôle. Il se rappelait l'interrogatoire de cet officier allemand que ses amis résistants avaient capturé et torturé. Il n'avait pas leur savoir-faire. Il n'avait sûrement pas leur courage ni leur détachement. Mais il trouverait la force si cela devenait nécessaire, pour protéger Cathy, Louis et Emmanuel. Les souvenirs enfouis revenaient. Son arrivée dans le Lot, lorsqu'il s'était caché comme il la cachait aujourd'hui. Mais la donne était différente, il ne pouvait compter que sur lui-même et il ne connaissait pas l'ennemi. Pourtant l'ennemi était bien là, comme pouvaient en témoigner les deux photos du tableau.

Il se gara à une cinquantaine de mètres de la cabane. Il coupa le moteur et descendit en prenant garde de ne pas mettre les pieds dans une flaque de boue lorsqu'une voix le fit sursauter.

– Pardon Monsieur, vous connaissez un peu la forêt ? demanda un randonneur dont le froid faisait rougir le bout du nez. Sa compagne reprenait sa respiration, assise sur une souche au bord du chemin.

– Oui, enfin suffisamment pour ne plus m'y égarer, répondit Raymond en essayant de se remettre de sa surprise.

– Nous avons sans doute perdu le chemin balisé sur lequel nous nous baladions.

– Ah oui... le chemin de la source.

– Euh... peut-être, avec des marques blanches et bleues. On est parti du petit parking près de la route de ...

– Vous avez bien marché !

– Oui, on va faire une pause pour casser la croûte... Vous croyez qu'elle est ouverte, cette cabane ?

– Oh... ça m'étonnerait. Depuis que Fernand Lespinasse s'y est donné la mort...

– Ah ?

Le randonneur avait émis une syllabe atone qui exprimait approximativement son étonnement, sa peur ou son dégoût, peut-être les trois à la fois.

– C'est sûr que c'était pas beau à voir quand on l'a retrouvé quelques jours plus tard...

– N’en rajoutez pas s’il vous plaît, nous nous arrêterons un peu plus loin. Ma femme ne supporte pas ce genre d’histoire sordide. Merci quand même. Au revoir !

– Au revoir !

Encore un qui se cache derrière sa femme, se dit Raymond en les regardant s’éloigner, elle ouvrant la marche et lui la suivant docilement. *Je ne leur ai même pas indiqué leur chemin…* Mais du moment qu’ils étaient repartis…

Il attendit un instant et se dirigea vers la cabane en silence. Avant d’ouvrir la porte, il resta un temps immobile, tous les sens en alerte, tentant de capter le son d’un mouvement à l’intérieur, un gémissement, un cri. Il avait tout envisagé : elle pouvait être morte, mourante, en train de hurler au secours, en embuscade dans le noir. Quand il fut convaincu que rien ne bougeait, il entra précautionneusement et alluma sa lampe torche.

La fille était toujours inconsciente. Il défit la corde qui la maintenait sur la table et ôta le bâillon de sa bouche.

Il déchargea son attirail en scrutant la forêt, à l’affût d’un retour des randonneurs ou de l’arrivée d’autres promeneurs indésirables. Il alluma le poêle et voulut la transporter sur le matelas. Il s’aperçut qu’elle était glacée.

– Merde ! étouffa-t-il, elle s’est pissée dessus. Il réprima l’écoeurement qui lui soulevait l’estomac.

Il allait être obligé de la laver. Il ne pouvait pas la laisser comme ça. Il alla chercher de l’eau au ruisseau et la fit chauffer sur le réchaud. Il prit un chiffon à peu près propre et souleva la couverture. Il ne savait où poser ni le chiffon, ni son regard.

– Tu ne me facilites pas la tâche !

Pour se calmer, il prépara un semblant de repas. Un fumet appétissant se répandit dans la cabane, supplantant l’odeur d’urine. Raymond voulut s’asseoir à table pour manger mais sa pensionnaire l’occupait de tout son long. Il décida de la poser sur son nouveau lit. Il prit une grande respiration, la saisit sous les épaules et la souleva délicatement. Mais il sentit tous les muscles frémir puis se raidir et dans la lumière blafarde de la lampe à gaz, il vit les deux yeux angoissés le transpercer.

– N'aie pas peur, murmura-t-il, inquiet de ne pas être capable de la retenir si elle se débattait. N'aie pas peur, je suis là pour t'aider.

Il sentit le corps se détendre. Il la posa sur le matelas.

Il parla lentement, doucement, cherchant à timbrer sa voix de l'intonation la plus rassurante, la plus protectrice.

– Tu as mal ?

Elle fit un signe affirmatif de la tête.

– Tu t'appelles comment ?

Elle resta muette mais son visage exprima à nouveau de l'affolement. Elle le regarda d'un air étrange, comme si elle espérait une réponse.

– Tu t'appelles comment ?

– Je me souviens plus !

Elle souffla cet aveu comme elle aurait confessé une faute impardonnable, une faiblesse ridicule.

Merde ! fulmina Raymond.

– De quoi tu te souviens ?

Il lut sur son visage qu'elle tentait de rassembler ses pensées. Mais tout ce qu'elle put lui dire fut :

– Un chien, je me rappelle d'un chien qui aboie.

Un peu léger comme information ! Ce n'est pas ce soir que j'obtiendrai les explications que j'espérais.

– Tu as faim ? demanda-t-il

– Non. Non merci. Mais... qui êtes-vous ?

– Paul, assura-t-il sans hésitation. Paul Ménard.

– Et... on se connaît ?

À cette question, il comprit qu'elle n'avait réellement pas les idées claires.

– Non. Non. Ne t'inquiète pas. Je me suis occupé de toi quand tu… as eu ton accident.

– J'ai eu un accident ?

– Oui. Une sorte d'accident.

– C'est pour ça que j'ai mal aux jambes ?

– Oui, c'est pour ça.

Elle resta silencieuse, son regard fixé dans le vide, en pleine introspection. Raymond perçut l'instant où elle perdit conscience, recroquevillée dans son monde intérieur. À présent, elle dormait paisiblement. Elle ne semblait pas souffrir. Aucune expression de tension ne troublait son visage.

Raymond la contempla longuement. Cette jeune femme, blessée, amoindrie, et sans doute amnésique, pouvait-elle réellement représenter une menace ? Mais il savait mieux que quiconque que certaines apparences sont trompeuses.

Il mangea debout, la casserole fumante à la main. Il plongeait sa cuillère dans le riz amélioré et la portait lentement à sa bouche mais il ne parvenait pas à profiter de la saveur des lardons et du fromage fondu. *Putain ! Si elle est amnésique, qu'est-ce que je vais faire d'elle ? Comment savoir si elle a des complices qui vont me tomber dessus d'un instant à l'autre ?*

Le temps passait lentement. Il le percevait au nombre des bougies qui se consumaient l'une après l'autre, ponctuelles, régulières. Son invitée ne bougeait plus depuis deux ou trois heures. Il patientait, lisait quelques pages puis se levait, marchait dans la cabane ou sortait devant la porte. Il levait les yeux au ciel, mais la lune peinait à transpercer les branchages dégarnis et l'humidité le poussait à rentrer rapidement. *Cette nana me recherche,* pensait-t-il, *mais elle ne sait pas qui je suis. Je ne vais pas la laisser réveiller les démons que j'ai fuis il y a quarante ans. Je ne le lui permettrai pas.*

Il veilla la blessée, somnolant à moitié. La nuit précédente avait déjà été bien courte.

Il se réveilla en sursaut lorsqu'il l'entendit s'agiter sous sa couverture. Elle se débattait contre le néant.

– Aïe... j'ai rien mmm...

Son corps se crispa, s'arc-bouta. Tous ses muscles étaient tendus à l'extrême. Il se dégageait d'elle une force impressionnante.

Il s'approcha et posa une main apaisante sur son front.

– Aïe... qui mmm...

Mais elle bougeait, essayait de se retourner en vain, bloquée par ses plâtres. Il l'observait comme une bête sauvage en train de se débattre dans les mailles d'un filet invisible. Raymond était rivé à son visage qui se tordait en expressions les plus diverses. Elle passait de la douleur à l'agitation, puis à la colère. Son visage se déformait au rythme de ses sentiments inaccessibles. Puis elle s'apaisa un instant. Elle respirait plus tranquillement. Raymond guettait ses réactions. Elle se réveillait petit à petit. Il sentait qu'elle allait émerger. Il avait préparé deux comprimés d'antalgique au cas où la douleur serait plus vive.

Tout à coup, elle entrouvrit les yeux et regarda tout autour d'elle, les sourcils froncés. Elle cherchait un détail auquel se raccrocher. Il la saisit par les épaules sans qu'elle n'ébauche le moindre geste de recul.

– C'est moi. Ne t'inquiète pas, articula-t-il de sa voix la plus rassurante.

Il glissa les deux comprimés entre ses lèvres et lui donna à boire un peu de tisane.

– Bois, ça te fera du bien.

– Où je suis ? s'inquiéta-t-elle.

– Ne crains rien, tu es en sécurité. Ils ne te feront pas

de mal, lui murmura Raymond, pour imprimer son subconscient.

– Qui êtes-vous ?

– Je suis Paul, tu ne te souviens pas ? Je te l'ai dit tout à l'heure. Tu ne risques rien. C'est moi qui t'ai soignée.

Elle le dévisagea d'un air méfiant.

– Je suis où ?

– Dans une cabane de chasseurs. Je t'ai amenée ici pour te protéger, parce que je me demande si les gars qui t'ont fait ça ne te cherchent pas pour…

Il s'interrompit avec une mine grave.

– Pour quoi ? Ils m'ont fait quoi ?

– Pour… pour finir leur sale boulot. Tu ne te rappelles pas quand ils t'ont agressée ?

Elle avait l'air totalement désemparée, elle nageait en plein brouillard.

– Qu'est-ce qu'elles ont mes jambes ?

– Elles sont cassées évidemment. Ils ne t'ont pas ratée ces salopards.

Elle regardait ses plâtres, puis Raymond, puis à nouveaux ses plâtres. Elle souleva la couverture.

– Mais qu'est-ce que c'est ces vêtements ?

– C'est moi qui t'ai habillée.

– Mais…

Il saisit tout de suite l'angoisse supplémentaire qui étreignait sa pensionnaire.

– N'aie pas peur, je les ai fait fuir avant…

Elle se détendit un peu.

– Tu sais pourquoi ils t'ont agressée ?

Elle secoua la tête en signe de dénégation.

– Je ne me souviens de rien, juste d'un chien qui aboie.

– Mais, dis-moi, tu étais en vacances à Lacapelle ?

– Lacapelle ? C'est quoi Lacapelle ?

– C'est le village où je t'ai trouvée. Tu venais voir des amis ici ?

– Je ne sais pas. Je ne sais plus.

– Est-ce que tu te souviens de quelque chose ? Un détail ?

Il dissimulait son impatience derrière un ton bienveillant.

– Dijon ! Je crois que je suis née à Dijon.

– Tu habites toujours à Dijon ? Tu y travailles ?

– Je... Mais... Mes jambes ? Qu'est-ce que j'ai ?

– Des fractures, je te l'ai dit. Et si je ne t'ai pas amenée à l'hôpital, c'est pour te protéger. Ils te cherchent sûrement, mais ils ne te retrouveront pas ici.

– Et qui m'a plâtrée ?

– C'est moi.

– Vous êtes médecin ?

– Euh, non. Mais j'étais... infirmier. Et ta voiture ? Tu te rappelles où tu l'as laissée ? Elle est de quelle couleur, de quelle marque ?

La jeune femme se sentit submergée par ce flot de questions auxquelles elle n'avait aucune réponse.

– Je ne sais pas ! Je ne sais pas, hurla-t-elle. Elle le fixait avec tant de désarroi que Raymond comprit qu'il était inutile d'insister. Il risquait de la braquer.

– Bon, ne t'inquiète pas. On en reparlera plus tard si tu veux. Tu peux être sûre que je vais m'occuper de toi... murmura-t-il en essayant de masquer l'ambiguïté qui pointait dans cette phrase. Il lui posa la main sur l'épaule. Il était satisfait que la lumière soit si blafarde dans la cabane. Sa prisonnière ne pouvait pas voir la détermination qu'il avait dans le regard. Il faudrait qu'elle parle, mais elle devait d'abord se souvenir.

Ils restèrent un long moment silencieux, tous deux désireux d'apaiser la tension. Elle le regardait du coin de l'œil. Cet homme avait quelque chose de bizarre.

Au petit matin, Raymond quitta la cabane en lui recommandant de ne pas prendre le risque de se montrer.

Il se gara devant le domicile de son ami François Pagnon. Les volets étaient ouverts. *Étrange,* pensa-t-il, *d'habitude, il les ferme quand il est sur le départ.*

Il sonna. François arriva quelques secondes plus tard, le teint livide.

– Euh ! Salut. Tu en fais une tête à la veille de tes vacances ? dit Raymond, surpris.

– Il n'y a plus de vacances ! répondit François d'une voix blanche.

– Quoi ! s'exclama Raymond qui voyait s'évanouir son plan.

– J'ai essayé de t'appeler, chez toi, mais ça n'a pas répondu. C'est Monique. Elle a glissé dans l'escalier hier soir, en portant une valise. Elle s'est cassée le pied. Elle est plâtrée, elle a des hématomes partout. Elle est à l'hôpital à Figeac. J'ai prévenu l'agence de voyage. L'Andalousie, terminée !

Il considéra Raymond qui ne disait mot et qui semblait presque aussi affecté que lui.

– Ben, mon vieux, ne te frappe pas comme ça ! C'est à toi que ça va faire des vacances. T'auras pas besoin de venir nourrir les animaux tous les jours. Et puis c'est pas si grave. J'ai eu vraiment peur mais c'est rien qu'un pied cassé.

– Oui, t'as raison ! répondit Raymond, en reprenant un ton enjoué. Embrasse Monique pour moi.

– Passe la voir, ça lui fera plaisir. Et puis tu pourras lui écrire un mot sur son plâtre.

Il donna une accolade à son ami, lui souhaita bon courage et regagna sa Volvo.

Décidément, les femmes plâtrées prenaient un peu trop de place dans sa vie !

10

Cathy conduisit de Figeac à Lacapelle dans un état second. Elle avait du mal à se concentrer sur la route. Son esprit était encore perturbé par sa rencontre avec le maître chanteur.

Dans le flot désordonné de ses pensées, Cathy en revenait toujours à Louis, son petit bonhomme, sa raison de vivre. Depuis dix ans, elle le couvrait d'amour, de cadeaux, de baisers. Il avait occupé tellement de place dans son cœur qu'il en était resté très peu pour son mari… et ses quelques amants de passage. Jamais elle ne pourrait renoncer à lui ou l'abandonner même quelques semaines. Il lui était insupportable de l'imaginer souffrir et de ne pas être là pour le consoler. Si elle partait, ce serait avec Louis, un point c'est tout.

Quant à Gérard, il était l'opportunité de changer de vie. Il avait su trouver les mots et les caresses pour lui en donner le courage. Mais s'aimeraient-ils sincèrement et durablement ? Ou n'était-il que le simple catalyseur du bouleversement auquel elle aspirait ?

Des amants avant lui, malgré les ragots qui se colportaient dans le village, elle n'en avait pas eu tant que cela. Pour tout dire, deux en douze années de mariage. D'autres ont fait mieux, ou pire. Le premier à la séduire malgré sa bague au doigt avait été Denis, le fils Letourneur, du haut de ses vingt-cinq ans et avec une assurance à couper le souffle. Il surveillait la baignade à la piscine et il lui avait suffit d'une après-midi pour la mettre dans son lit. L'aventure avait duré toutes les vacances et avait pris fin avec l'été et le début de l'année universitaire. Le beau Denis était reparti pour Montréal où il terminait ses études d'architecte. Comme il n'avait jamais donné de nouvelles, Cathy s'était sentie d'abord trahie puis finalement soulagée. Le deuxième, c'était William, William Vaughn, anglais et assureur de son état, qui avait mené l'expertise après le cambriolage au domicile du couple Delpoux, quatre ans auparavant. Les voleurs n'avaient emporté qu'un misérable butin, chéquiers et autres babioles sans valeur, mais avaient entièrement saccagé le salon, la chambre des parents et l'atelier photo de Cathy, probablement à la recherche de bijoux et d'argent liquide. Les séances d'inventaire du mobilier et du matériel photo s'étaient prolongées dans la chambre à coucher où les deux protagonistes avaient trouvé un terrain d'entente. Leur idylle avait été aussi intense que brève. C'est d'ailleurs à la suite de cet épisode du cambriolage qu'Emmanuel, au détriment de quelques règles déontologiques et de confidentialité, avait proposé à son épouse de ranger ses bijoux dans son coffre à l'étude et lui en avait confié le code. Aujourd'hui, Cathy savourait cette aubaine à sa juste valeur. Il ne restait plus qu'à trouver le bon moment.

Arrivée à Lacapelle-Marival, elle se gara sur le parking de l'école. Elle devait être en avance, aucun parent ne se trouvait encore devant la grille. Elle en profita pour faire quelques pas le long de l'aire de jeu qui bordait l'école. Elle alluma une cigarette dont elle inspira profondément la première bouffée en fermant les yeux puis s'assit sur un banc pour réfléchir à la mission qui l'attendait.

La sonnerie de fin de classe la tira des stratégies qu'elle échafaudait. Entre-temps, quelques parents étaient arrivés et échangeaient des banalités en attendant le flux de leur progéniture. Louis apparut et quitta ses camarades pour courir vers Cathy.

– Maman ! Maman ! Tu sais pas ? J'ai eu un A+ en maths et je suis super content parce que c'était vraiment dur...

– C'est vrai ? Formidable, mon Loulou ! tenta de s'enthousiasmer Cathy. Allez, viens, tu as mérité un bon chocolat au lait.

– Ouais, bonne idée ! Et dis-moi : tu m'as ramené une grosse chocolatine de Figeac, tu sais, celles du boulanger près de la poste ? C'est mes préférées...

La journée avait été si mouvementée qu'elle avait totalement oublié cette promesse faite à son fils.

– Oh pardon, mon Loulou, mais il était fermé quand j'ai eu fini mes courses. Tu ne m'en veux pas trop au moins ?

– Non, maman, ça fait rien ! Je suis sûr que t'y penseras la prochaine fois, répondit l'enfant en masquant tant bien que mal sa déception.

Ils montèrent dans la Golf mais au lieu de revenir à son domicile, Cathy choisit de faire un détour par l'étude de son mari.

– Désolé, mon poussin, il faut que je passe demander quelque chose à papa. J'en ai pour trente secondes.

– Ouais, ouais, commenta sobrement Louis, pensant à la chocolatine qu'il devrait attendre quelques jours de plus.

Cathy entra dans l'étude et salua Marilyne qui était en train de faire des photocopies. La machine se montrait quelque peu récalcitrante, ce qui avait pour effet d'empourprer le teint de la secrétaire. Elle semblait monter en pression comme une cocotte-minute. Elle bataillait avec une bourre de papier coincée dans le ventre de la photocopieuse et qui ne daignait en sortir que par petits lambeaux.

– Bonjour Marilyne, Emmanuel est-il occupé ?

– Hélas, Madame, il n'est pas là. Il est parti en début d'après-midi et m'a dit qu'il ne reviendrait probablement pas au bureau. Mais ne me demandez pas où il est, je n'en ai pas la moindre idée, il ne m'a rien précisé. Donc c'est moi qui fais la fermeture ce soir, dès que j'en aurai fini avec cette… cette… !

Elle préféra garder pour elle le qualificatif qui lui était venu et rabattit violemment le capot de la photocopieuse dans un geste de découragement et d'impuissance manifestes.

– Avez-vous besoin d'un coup de main ? proposa gentiment Cathy.

– Non, Madame, d'une masse pour pulvériser cette saleté d'appareil. Et si vous voulez vraiment m'aider, soyez assez aimable de dire à Monsieur votre mari que je vais partir en arrêt maladie pour dépression s'il ne remplace pas cette fichue broyeuse de papier.

– Je suis sincèrement désolée Marilyne, je ne savais pas que la photocopieuse vous donnait tant de fil à retordre.

– Le mot est faible, Madame, je n'arrive plus à faire trois photocopies d'affilée sans être obligée d'ouvrir le capot. C'est insupportable ! Je vis un enfer dans cette étude ! lâcha Marilyne au bord des larmes. Rendez-vous compte ! Une photocopieuse des années soixante dix ! Et pourquoi pas graver les actes dans le marbre ? Je file droit vers l'ulcère, sachez-le Madame. Et comment il fera votre petit mari quand je ne serai plus là ? Hein, dites-moi !

Ce n'était pas la première fois que la secrétaire d'Emmanuel s'épanchait sur son épaule et Cathy avait toujours su trouver les mots pour la calmer et arranger la situation.

– Ne vous énervez pas, Marilyne, allez vous faire un café et moi je m'occupe de la machine.

En un tour de main, elle retira la bourre de papier mais elle attendit que Marilyne revint vers elle pour claquer bien fort le capot.

– Oh merci Madame !

– Vous voyez, ce n'était pas bien grave. Et puis il faut bien s'entraider entre femmes ! Bon maintenant je file, j'ai Louis qui m'attend dans la voiture.

– Oh ! Le pauvre petit ! Il doit s'impatienter et c'est à cause de moi ! Je suis vraiment désolée. Merci encore Madame, mais si je peux me permettre une dernière fois, n'oubliez pas quand même de parler à Monsieur de la photocopieuse ! Allez, ne vous retardez pas, bonsoir.

– Comptez sur moi. Bon, je vous laisse. Bonne soirée Marilyne ! fit Cathy en quittant le bureau.

Il ne sait pas la chance qu'il a, ce petit Louis, d'avoir une mère aussi attentionnée ! s'extasia la secrétaire.

Cathy ramena Louis à la maison et lui prépara son goûter tout en gardant un œil sur l'horloge de la cuisine. A dix-huit heures, elle alla taper à la porte de la chambre de son fils.

– Mon pauvre poussin, je serai décidément aussi mauvaise ménagère que mauvaise mère aujourd'hui. J'ai oublié d'acheter le pain. Je redescends au village et je reviens de suite. Fais tes devoirs, Loulou, et ne réponds pas au téléphone, les gens rappelleront. Tu es assez grand maintenant pour que je te laisse un quart d'heure, hein ?

Flatté, le petit garçon leva les yeux de son livre de français et regarda sa mère avec un sourire malicieux.

– Tu vois Maman, c'est le petit Jésus qui te punit. Si t'étais rentrée dans la boulangerie de Figeac pour ma chocolatine, t'aurais sûrement pensé au pain.

– T'as raison, ma petite crapule ! répondit-elle en se jurant que là où ils vivraient avec Gérard, il n'y aurait plus jamais de catéchisme pour Louis.

Elle reprit sa voiture, repartit vers l'étude mais se gara volontairement à une centaine de mètres. Elle resta dans la voiture jusqu'à ce que, de loin, elle voit Marilyne fermer la porte du bureau et repartir au volant de sa 104 orange.

Elle attendit encore une minute puis se rendit furtivement à l'étude, masquée par l'obscurité précoce des soirées de janvier. Elle batailla avec la serrure de la porte et se dit que Marilyne avait bien raison de reprocher à Emmanuel sa négligence des détails du quotidien, au profit de ses dossiers, toujours ses dossiers.

La serrure finit par déclarer forfait. Cathy referma précautionneusement la porte à clef derrière elle. Elle respira profondément. Dans l'obscurité, elle fouilla son sac à la recherche de son briquet. La flamme apparut, faible et vacillante. Les ombres mouvantes l'encerclaient, menaçantes. Elle se dirigea d'un pas mal assuré vers le bureau de son époux. Le métal du briquet devint brûlant. Elle relâcha la pression de son pouce. La flamme s'éteignit. Elle chercha la poignée à tâtons. Elle entra dans le bureau et n'alluma la lumière qu'après s'y être enfermée.

Elle se sentait oppressée par ce silence nocturne. Le moindre bruit à l'extérieur en devenait suspect.

Cathy décrocha le cadre de la photo de promotion d'Emmanuel. La porte du coffre apparut. C'était un petit coffre tout ce qu'il y a de plus banal, muni d'une serrure et d'une molette. Elle saisit la clé sur son trousseau lorsqu'un bruit de porte qu'on claque la fit sursauter. Elle s'immobilisa. Son cœur battait à tout rompre. *Mon Dieu,* pensa-t-elle, *Marilyne a oublié quelque chose ici !* Elle regardait la porte du bureau. Elle s'attendait à la voir s'ouvrir d'un instant à l'autre. Elle guettait les bruits de pas dans l'entrée. Mais rien. Elle n'entendit plus rien. Puis une voix... Cathy réalisa qu'elle provenait de la maison d'à côté. Elle devait se calmer. Elle attendit que sa main cesse de trembler. Elle introduisit la clé puis composa le code « 17890714 ». Après un petit clic, la porte blindée s'ouvrit automatiquement. Cathy fouilla méticuleusement dans les dossiers et ne tarda pas à tomber sur un pli cacheté « Simerski / Florac ». Elle le glissa dans son sac à main. Elle referma soigneusement la porte du coffre et replaça la molette dans la position où elle l'avait trouvée. Elle repartit rapidement vers l'entrée. Elle entendit au passage les cris des voisins qui témoignaient d'une joyeuse engueulade. Une fois assise dans sa voiture, elle ne put s'empêcher de vérifier encore : *Simerski/Florac, c'est bien ça qu'ils veulent !*

En remontant vers son domicile, elle donna un brusque coup de frein à la hauteur de la boulangerie Amiel. Perdue dans ses pensées, elle s'apprêtait encore à revenir chez elle sans pain. Cette fois-ci, Louis lui aurait demandé si elle n'était pas en train de perdre la boule.

Cinq minutes plus tard, seule dans sa cuisine, elle s'affala sur une chaise et alluma compulsivement une cigarette. Elle avait furieusement envie d'un whisky pour se remettre de ses émotions, mais Emmanuel allait sûrement rentrer d'un moment à l'autre et elle ne voulait pas que son haleine la trahisse.

Discrètement, elle appela Gérard sur le téléphone du salon.

– J'ai l'enveloppe ! chuchota-t-elle à son amant.

– Parfait ! Je t'aime, Cathy ! répondit Gérard, satisfait.

11

Scotty, le berger allemand, détestait qu'on s'approche de la maison de ses maîtres. Aussi aboya-t-il à tout rompre lorsqu'il sentit un homme trop près de son territoire. Il courut jusqu'au grillage en direction du faisceau lumineux qui balayait le sol. *Chien d'imbécile !* se dit l'intrus. Il s'était levé aux aurores pour être sur place avant le lever du jour et chercher des indices sur toute la zone de l'accident sans se faire repérer. Avec ce cabot, plus la lampe torche, merci la discrétion ! De toute façon, il n'avait pas trouvé grand chose de concluant, à part des débris de verre, sans doute le phare, et un fil de laine jaune emberlificoté dans le grillage du jardin du clébard. Maigres indices, mais qu'importe ! Il en avait profité pour faire le tour du village à pied, histoire de prendre la température des lieux. Il faisait confiance à son instinct de prédateur lorsqu'une traque commençait.

Un peu avant huit heures, il sonna à la porte de l'étude de son client. Emmanuel Delpoux guettait son arrivée et vint aussitôt lui ouvrir.

– Bonjour Monsieur Dupretz, vous êtes ponctuel.

– C'est une de mes qualités, lui répondit du tac au tac le détective. Je compte bien vous prouver que ce n'est pas la seule.

– Entrez, je vous en prie. Mon bureau est au fond du couloir.

Maurice Dupretz jeta un coup d'œil rapide, enregistrant au passage quelques détails.

– Vous n'avez pas d'alarme à ce que je vois.

– Non, répondit penaudement le notaire. Mais asseyez-vous, je vous en prie.

Maurice fit mine de ne pas entendre et se dirigea vers un cadre qui contenait une photo de groupe relativement récente.

– Ce sont vos amis ?

– En quelque sorte. Ou disons plutôt un groupe de relations professionnelles. Nous nous rencontrons de temps en temps dans le cadre du Rotary Club de Figeac. Quelques-uns sont plus proches, comme Georges Crépin, Daniel Ginestet ou Bernard Rigal, dit Emmanuel en désignant du doigt les trois personnages.

– Et là, c'est votre sœur ? plaisanta le détective.

Emmanuel remarqua que Dupretz semblait guéri de ce raclement de gorge, ce « hum hum » horripilant dont il avait truffé le début de ses phrases la veille.

– Non, mon épouse Cathy avec mon fils Louis. D'ailleurs j'ai quelque chose à vous dire qui m'inquiète à son sujet. C'est un peu délicat et c'est pour ça que je ne vous en ai pas parlé hier soir.

– Allez-y, hum hum, vous pouvez tout me dire. A présent, je suis un peu votre confesseur.

– Et bien... dans le portefeuille de Nadia Moreno, en fouillant, j'ai trouvé un bout de papier portant un numéro de compte. J'ai eu un doute sur le moment, mais à y regarder de plus près, j'ai réalisé qu'il s'agissait du numéro de compte de mon épouse.

– Hum hum, tiens donc ! Le numéro de compte de votre épouse ?

– Ce n'est pas très compliqué à découvrir, nos numéros de compte au Crédit Agricole ne diffèrent que d'un chiffre.

– Tiens donc ! Que d'un chiffre...

Emmanuel lui tendit le morceau de papier.

– Qu'est-ce que vous en pensez ?

– Rien, répondit sèchement Maurice Dupretz qui n'en pensait pas un mot. Rien du tout.

– Ah ?

– Elle traîne la nuit à proximité de votre étude, hum hum, sous une fausse identité, avec un cran d'arrêt, et elle avait un rendez-vous avec vous le lendemain. Elle voulait vous soutirer quelque chose. Bon, qu'avez vous à vous reprocher ?

– Moi ?

– Oui, vous ! Essayez de m'apporter des réponses plus explicites si vous voulez que l'on avance. Hum hum. Alors, adultère ? Addiction au jeu, à la drogue ? Affaire louche ?

– Non, rien de tout ça ! Je n'ai rien à me reprocher, à part cet accident...

– C'est bien ce que je pensais. La conclusion qui s'impose alors, c'est que ça n'a rien de personnel. Ce n'est pas à vous en tant qu'homme qu'elle s'intéresse, mais à vous en tant que notaire. Je vais donc avoir besoin de chercher dans vos archives quels dossiers pourraient présenter un intérêt particulier.

– Vous savez, Monsieur Dupretz, les documents qui sont archivés dans une étude notariale ne sont pas d'une grande valeur, sauf...

– Hum hum, oui, sauf...

– Sauf pour les personnes concernées.

– Donc ils ont de la valeur et peut-être même beaucoup de valeur pour certains.

– Sans doute.

– Hum hum. Mais vous-même dans votre coffre, conservez-vous des documents ou des objets de valeur ?

– Bien sûr, de l'argent liquide, les bijoux de ma femme et mes dossiers, mais c'est strictement confidentiel !

– Je l'imagine bien. Mais vous m'avez engagé pour enquêter, n'est-ce pas ? Alors...

– C'est totalement impossible, je ne peux pas vous ouvrir mon coffre, ni vous donner accès aux dossiers de mes clients.

– Hum hum...Bon, très bien ! Vous n'avez visiblement pas tellement envie de voir votre problème résolu. Donc je vous laisse vous démerder seul, conclut le détective en déposant le chèque d'Emmanuel sur le bureau. Je vous ferai parvenir dès demain ma facture pour les frais de déplacement. Adieu.

Devant son client médusé, Maurice Dupretz se leva et quitta la pièce.

– Attendez ! hurla presque le notaire.

– Oui ?

– Comprenez que vous me demandez de rompre mon serment de secret professionnel. Je risque d'être radié pour cela.

– À vous de choisir, cher Maître. Hum hum. Il suffit de savoir ce que vous voulez. Mais... je vais mettre les choses au point avec vous une bonne fois pour toutes. Hier, vous m'avez confié une mission car vous êtes dans une situation semble-t-il angoissante et pour le moment inexpliquée. Je vais l'élucider. Mais si vous devez me mettre des bâtons dans les roues, j'arrête tout de suite. Par contre, si vous voulez vraiment savoir ce qu'il s'est passé et qui est la femme que vous avez renversée, hum hum, il va falloir me laisser travailler selon MES méthodes, même si elles peuvent heurter votre déontologie.

– Vous me posez un cas de conscience. Laissez-moi réfléchir...

Emmanuel se tut et tenta de rassembler ses idées. Allait-il mettre un doigt dans un engrenage qui risquait de broyer sa carrière. Que valait la parole de ce détective ?

Maurice Dupretz le regardait avec un sentiment de pitié. *Pauvre gars, dans quoi s'est-il fourré ? Pauvre petit notaire de province.*

Emmanuel pesa le pour et le contre. Il n'avait pas le choix.

– Bon... bon, vous me jurez de ne rien dire à personne de ce que je vais vous montrer ? Et reprenez ce chèque.

Emmanuel ouvrit un tiroir et en sortit un registre.

– C'est ici que sont consignés tous les documents contenus dans mon coffre.

Ensuite il se leva et se dirigea vers un tableau qu'il décrocha, révélant la porte blindée. Il actionna sa clé et composa le code secret.

– Avez-vous un endroit où je peux tranquillement consulter ces documents ?

– Euh... oui, dans la pièce là, où je reçois parfois mes clients.

Il s'agissait d'un vaste bureau, jouxtant celui d'Emmanuel, dont les murs étaient couverts d'étagères qui supportaient plus ou moins bien le poids des archives.

– Ma secrétaire arrive vers neuf heures... pouvez-vous faire assez vite ?

Maurice Dupretz regarda son client avec un soupçon d'exaspération et soupira. Il transporta tranquillement le contenu du coffre qu'il étala sur l'immense table de la pièce voisine.

– Je ferme la porte, hum hum, si cela ne vous gêne pas, annonça-t-il d'un ton autoritaire.

Emmanuel Delpoux, surpris, n'osa pas s'y opposer.

Une fois seul, Maurice Dupretz ouvrit le registre et s'employa à vérifier si tout était en ordre dans le coffre. Il eut vite fait de remarquer qu'un pli noté Simerski-Florac était absent. L'enregistrement datait du 19 septembre 1976. Simerski n'était bien évidemment pas un inconnu pour un ancien du 36 Quai des Orfèvres : *ce type est un truand connu pour ses relations avec le milieu du BTP. En ce moment il se repose à l'ombre aux Baumettes et pour quelques années. Mais qui est ce Florac ? Ce nom me dit quelque chose.* Son esprit déductif ne fit qu'un tour pour élucider l'affaire : Nadia Moreno travaillait pour cet escroc de Simerski ou pour ce Florac et avait volé l'enveloppe. Restait une énigme ! Comment avait-elle pu ouvrir le coffre sans laisser de trace ? Elle avait forcément bénéficié d'une complicité interne.

En compulsant les dossiers, il tomba sur une enveloppe cachetée portant la mention « Mademoiselle Nadine Paloux. À envoyer à la presse et à la police en cas de mort accidentelle. » Cet intitulé piqua la curiosité du détective qui glissa le pli dans la poche intérieure de son manteau. Pour le reste, tout avait l'air de coller et rien ne manquait à l'appel. Le tout fut bouclé en une petite demi-heure.

Il ouvrit brusquement la porte du bureau d'Emmanuel, s'attendant à le voir sursauter. Effectivement, le notaire fit un bond sur son fauteuil et regarda le détective avec des yeux écarquillés.

– Alors ? ne put-il s'empêcher de demander.

– Hum hum, j'ai oublié de vous demander : qui connaît le code du coffre à part vous ?

– Et bien... ma secrétaire et ma femme... Mais pourquoi ?

– Hum hum, il manque un dossier dans le coffre.

Emmanuel se figea et pâlit.

– Co... comment ? Il manque un do... dossier.

– Hum hum, Simerski-Florac ? Ça vous dit quelque chose ?

– Ce n'est pas possible. Ce n'est pas possible, répétait Emmanuel comme assommé.

– Hum hum, je remets tout dans le coffre. Je vous laisse refermer. Il vaut mieux que je m'éclipse avant l'arrivée de votre secrétaire. Sachez que je me fais passer pour quelqu'un à la recherche d'une maison. Ça me donnera un alibi pour rencontrer le notaire du coin assez discrètement. A plus tard !

– Euh... au revoir, dit Emmanuel statufié au milieu de son bureau.

Maurice Dupretz récupéra sa valise dans sa voiture et se dirigea d'un bon pas vers l'Hôtel du Progrès.

– Hum hum, bonjour Monsieur, dit-il à un gros bonhomme rougeaud planté derrière le bar, je voudrais une chambre pour trois nuits, peut-être quatre. Une chambre au calme si possible.

– Nous avons tout ce qu'il vous faut. Vous savez Lacapelle en janvier, c'est pas vraiment la Côte d'Azur au niveau fréquentation. Les cinq chambres du premier étage sont libres et une seule du second est occupée par un représentant d'une sorte d'industrie chimique. Et en plus il n'est pas très causant à ce que j'ai pu en voir depuis le début de la semaine. A peine un bonjour et un bonsoir, c'est dire !

– Alors une chambre au premier avec un bon matelas, hum hum, j'ai le dos particulièrement délicat.

– Tenez, si vous voulez être tranquille, je vous donne la chambre 15. Elle donne sur l'arrière de l'hôtel, vous n'aurez pas les bruits de la rue. Quant au matelas et au sommier, ils ont été refaits à neuf par les soins de Monsieur Bastide, matelassier de son état, et cela depuis des générations. Et pour les repas ?

– Hum hum, disons que la pension complète me tente assez si le cuisinier sait faire preuve d'une certaine rusticité de terroir, ironisa Maurice Dupretz.

– Pour rustique, il l'est et vous l'avez là devant vous ! A vous de juger.

– J'opte donc pour les repas du midi et du soir, conclut le détective.

L'hôtelier se pencha au-dessus de son comptoir pour regarder le parking.

– J'ai une question qui me démange depuis que vous êtes entré. Elle est à vous la 403 noire ?

– Hum hum, oui, c'est bien la mienne, répondit Dupretz avec une pointe de fierté dans la voix.

– Elle est magnifique, s'extasia l'hôtelier, vous devez vraiment la bichonner. Mon père en avait une comme la vôtre quand j'étais gamin. J'adorais cette bagnole.

– J'en suis ravi, marmonna le détective.

– Bon, voici la clé de votre chambre et celle-ci qui ouvre la porte d'entrée au cas où vous rentreriez après vingt-deux heures. Ça vous évitera de me réveiller et de profiter de ma mauvaise humeur.

– Et pour le petit déjeuner ?

– Alors là aucun problème ! Ma femme ronfle comme un bœuf. Alors à six heures je suis debout et le café est prêt à six heures quinze quand arrivent les croissants généreusement apportés par mon ami Albert Trémoulin, le meilleur boulanger à la ronde.

– Je monte ma valise et je reviens profiter de votre jus de café et de la viennoiserie locale.

– Ce sera prêt en moins de temps qu'il ne faut pour le dire ! Et puis c'est pas du jus de kawa, Monsieur, c'est du pur arabica venu des colonies et finement moulu par mes soins, attention !

Maurice Dupretz sourit en lui-même, pensant que le lieu allait être propice à la collecte des bavardages et des ragots. Il posa ses bagages dans la chambre et redescendit aussitôt. Il ne fut pas tellement surpris de découvrir une des tables auréolée d'une jolie nappe à carreaux rouges et blancs et pourvue d'une grande tasse fumante assortie d'une panière d'osier remplie de croissants au beurre.

– Quand le patron annonce la couleur, il tient parole

Monsieur... ?

– Hum hum, Monsieur Dupretz, répondit aussitôt le détective.

– Prenez place. Et que vient faire Monsieur Dupretz de par chez nous, si ce n'est pas trop indiscret ? demanda le patron de l'auberge n'y tenant plus.

– C'est tout à fait indiscret, mais je suis à la recherche d'une jolie maison traditionnelle pour y passer ma retraite.

– Votre retraite ? Mais vous n'en avez pas encore l'âge !

– Hum hum, ça viendra bien un jour, répondit le détective.

– Je peux vous donner quelques pistes si ça vous intéresse.

– Ne me refilez pas le nom de l'agence immobilière de Lacapelle, je l'ai déjà.

– Vous m'insultez Monsieur. Je vous parle de bons tuyaux, pas d'arnaque !

– Hum hum, un brin de provocation ne nuit pas à la conversation, n'est-ce pas ? rajouta Dupretz.

– Monsieur est malin à ce que je devine...

– Je préfère les bonnes adresses qu'on ne trouve pas dans le bottin.

– Demandez à Monsieur Granier si je refile des tuyaux percés, jura le patron en désignant du regard un cinquantenaire maigrichon à casquette qui sirotait un pe tit blanc accoudé au comptoir.

Le bonhomme se retourna et d'une voix rocailleuse affirma quelque chose que Maurice Dupretz ne comprit pas.

– Vous voyez bien que j'ai raison, renchérit le patron.

Les croissants et le café étaient bons et le patron bavard à souhait. Tout démarrait parfaitement.

– Hum hum, on m'a parlé d'une maison que vendrait un certain Ginestet. Ça vous dit quelque chose ? lança le détective pour en savoir plus sur les amis du notaire.

– Daniel Ginestet, le garagiste Citroën ? Là vous m'en bouchez un coin, je ne suis pas au courant. Et qu'est-ce qu'il peut bien vendre à part son garage ? Par contre sa femme oui. Elle possède assez de vieilles bicoques pour faire votre bonheur. Mais elle est dure en affaires. C'est pas une commode. Elle rigole pas tous les samedis soirs à ce qu'on dit. Elle est plutôt du genre à cacher ses biftons sous ses jupons et y a pas grand monde qui les ait vus. Peut-être même pas son mari, c'est dire…

– Hum hum, et le notaire du village, il a peut-être quelques granges en mal d'héritage sous le coude ?

– Ah… le fils Delpoux… c'est possible. Vous seriez venu il y a dix ans, je vous aurais recommandé Maître Delpoux père. Celui-là, c'était un notaire à l'ancienne, le cœur sur la main et la main dans le portefeuille des riches. Je ne connais personne qui ait dit du mal de lui, un vrai gentilhomme. Il vous répartissait un héritage plus équitablement que la CAF.

– Oui, mais le fils ?

– Oh le fils, il fait ce qu'il peut… Il est pas méchant mais il préfère les soirées du Rotary que la fête annuelle du club de boules, vous saisissez ?

– Non.

– Ben, c'est comme qui dirait qu'il fricote du côté du pognon. Mais sinon on sait pas grand-chose de lui. Il est plus discret que sa femme, la petite Cathy Robert.

– Hum hum, sa femme… c'est-à-dire ?

– Ben, quand elle était jeune, elle attirait plus les jeunes gars que la misère, vous saisissez ? questionna le patron voyant son interlocuteur se concentrer sur sa serviette en papier qu'il pliait et repliait avec dextérité.

Dupretz releva la tête et posa la cocotte sur le plateau de l'aubergiste.

– Oui, je saisis et alors ?

– Alors, alors, on disait qu'elle avait épousé le jeune

benêt plein aux as, pour se racheter une conduite.

– Hum hum, et bien on apprend plus de choses chez vous qu'en s'abonnant au *Canard Enchaîné*...

– Holà Monsieur, n'allez pas dire que je colporte des ragots. Tout ce que je vous ai dit est strictement vrai. Pas vrai Monsieur Granier ?

L'homme à casquette réitéra son grognement occitan pour témoigner de son approbation inconditionnelle aux propos du patron.

– Et ces croissants, vous les avez aimés à ce que je vois ! Un peu plus de café ?

– Hum hum, non merci. Je vais aller ranger mes petites affaires, coupa Maurice Dupretz. Mais serait-il possible d'avoir une bouilloire électrique ? J'adore boire du thé tout au long de la journée.

Sitôt installé, Maurice Dupretz brancha la bouilloire et attendit que l'eau commence à s'évaporer pour avancer le rabat de l'enveloppe qu'il avait subtilisée. La colle se ramollit rapidement. Il put la décacheter délicatement. Il éclata de rire. Il tenait dans ses mains quelques photos de ce qui avait dû être une partouze lotoise. Une jeune femme nue se partageait généreusement entre trois quadragénaires aussi peu vêtus qu'elle, dans des positions qui ne laissaient aucun doute sur la nature de leurs relations. Le visage d'un des trois hommes interpella le détective. Il l'avait vu pas plus tard que ce matin, mais où ? « Bien sûr ! » s'écria-t-il au bout de quelques secondes. *La photo du Rotary dans le bureau de Delpoux. C'est là que j'ai vu ce type ! Rigal, c'est bien ça, Rigal. Le jour des obsèques de Nadine Paloux, il y a des têtes qui vont tomber à Lacapelle Marival*, pensa-t-il. Il rangea les photos dans sa valise puis, de sa chambre, appela un ami qui travaillait au Crédit Agricole en Bourgogne.

– Hum hum, bonjour, c'est Maurice. Maurice Dupretz.

– Oh salut mon vieux ! Alors toujours chez les bouseux ?

– C'est ça, et toi toujours chez les requins de la finance ?

– Et oui, je sais rien faire d'autre.

– Alors j'ai une mission pour toi. Hum hum, tu te branches sur le compte de Madame Catherine Delpoux, née Robert, agence de Lacapelle dans le Lot, et tu me dis si tu trouves quelque chose d'anormal dans les six mois écoulés. Ok ?

– Laisse-moi ton numéro et je te rappelle ce soir, de la maison.

– Je suis à l'Hôtel du Progrès à Lacapelle Marival, chambre 15.

– D'accord. A ce soir.

– Hum hum, à ciao !

12

Raymond revint à son domicile pour aménager la pièce qui allait accueillir Nadia depuis que l'opportunité de la villa de François s'était évanouie. En se garant devant son atelier, il jeta un petit coup d'œil vers la maison de sa voisine. Il vit le rideau de la fenêtre de la cuisine qui se refermait. *La garce était encore en train d'épier mes allées et venues*, pensa-t-il. Sans rien changer à ses habitudes, il entra chez lui.

L'atelier de Raymond était immense. Il y stockait tout ce qu'il pouvait récupérer au gré de son activité de brocanteur.

Il ne faut pas que cette fille puisse voir l'extérieur, mais tout ça ne pourra pas durer bien longtemps, se dit-t-il.

Son regard balaya tous les recoins de son capharnaüm encombré de dizaines de meubles et de bibelots en tout genre.

Une seule pièce pouvait remplir le cahier des charges pour la réclusion de sa prisonnière : un bureau d'une dizaine de mètres carrés, sans ouverture, où il ne mettait les pieds que pour archiver sa comptabilité. Il entreprit de vider la pièce pour que Nadia ne trouve aucun indice sur son lieu de détention. Le subterfuge des jambes cassées n'abuserait pas longtemps la jeune femme, Raymond le savait. Avec elle, cela allait devenir une course contre la montre : obtenir le maximum d'informations de sa part avant qu'elle ne retrouve toute sa lucidité. Car ensuite... Il s'activa pour finir de préparer la pièce. A part un grand miroir du XIXème siècle au cadre de bois savamment ouvragé et l'étagère murale qu'il avait vidée de ses boîtes à archives, la pièce était désormais nue, semblable à une cellule de prison.

Il se rendit compte qu'un froid polaire régnait dans ce bureau. Il monta récupérer des draps propres, des couvertures et surtout un radiateur électrique qu'il brancha immédiatement pour que la pièce soit tempérée.

Il referma les grandes portes de l'atelier, monta dans sa Volvo et repartit vers la cabane.

La Finette était toujours à sa fenêtre. Leurs regards se croisèrent quand Raymond passa devant sa maison. *Satanée vieille taupe !* fulmina-t-il. *Si elle pouvait au moins aller faire ses courses... et se faire écraser par un chauffard !*

La précipitation dans laquelle il avait préparé l'accueil de sa prisonnière l'avait fatigué. Tout en conduisant, Raymond maugréa sur le temps qui passe mais tenta de retrouver une expression plus avenante avant d'entrer dans la cabane. La jeune femme, assise sur son matelas, sembla soulagée de le voir enfin revenir.

– Comment te sens-tu ? lui demanda-t-il sur un ton prévenant.

– Ca va mieux, mais j'ai encore mal à la tête et surtout à la jambe gauche.

– Ne bouge pas trop, sinon la douleur va se réveiller. Je vais te donner des antalgiques, parce qu'on déménage tout de suite.

– Et où m'emmenez-vous ? demanda Nadia l'air inquiet.

– Chez moi... enfin à mon atelier. Personne ne songera à venir t'y chercher.

Nadia le fixa intensément. Raymond la trouva différente. Son regard surtout : plus assuré, comme si elle tentait de lire dans ses pensées.

– Oui, reprit-il, j'ai décidé de te ramener chez moi, on

ne peut pas rester indéfiniment ici. Mais, dis-moi, les souvenirs te reviennent ? Tu te rappelles ce que tu faisais à Lacapelle ? Qui tu allais voir ? Ou bien de chez qui tu revenais ?

Au fond d'elle-même, Nadia se souvenait tout à fait de la voiture qui arrivait, du chien qui aboyait, du choc violent. Elle savait qu'elle se cachait. Elle savait qu'elle devait se cacher. Elle savait que sa mission exigeait qu'elle se cache. Mais quelle mission ?

– Alors ? insista Raymond

– Euh !...Je... Je... bredouilla Nadia.

– Et puis, c'est vraiment pénible de ne pas pouvoir t'appeler par ton nom ! s'énerva Raymond. Tu t'en souviens maintenant, oui ou non ?

Nadia regarda le vieil homme avec un sentiment grandissant de malaise. La bienveillance initiale de son sauveur avait cédé la place à une curiosité insistante dont elle ne comprenait pas bien les motifs. Elle sentit remonter en elle un réflexe de méfiance qui lui sembla étrangement coutumier et répondit mécaniquement :

– Je crois me souvenir que je m'appelle... euh... Marianne. Oui, c'est ça, Marianne.

– Ah ! Enfin ! se réjouit faussement Raymond, on avance ! C'est bon signe ! Allez Marianne, je ne t'embête plus avec mes questions. Je charge tout le matériel et je reviens te chercher. Tu vas te cacher dans le coffre de la voiture pour le trajet.

– Pourquoi dans le coffre ? s'inquiéta Nadia.

– Je veux que ton arrivée soit la plus discrète possible. C'est pour ta sécurité. Imagine un instant que tes agresseurs surveillent mes allées et venues ! C'est d'ailleurs peut-être le cas. Et en plus j'ai une voisine qui passe ses journées à sa fenêtre à observer les gens. Donc, méfiance. Je t'ai préparé un petit local dans mon atelier. Tu y seras à l'abri.

Nadia feignit d'approuver le plan de Raymond.

Il l'aida à enfiler un blouson. La pluie commençait à tomber et le sol glissait. Il la porta péniblement jusqu'à la voiture et la déposa dans le coffre.

Durant le trajet, le vieil homme se dit que la partie allait se corser puisque la prisonnière avait suffisamment repris conscience pour s'inventer un prénom. Elle se méfiait déjà de lui.

– Paul, je peux vous poser une question ? demanda une petite voix étouffée par des couvertures.

– Je t'écoute, Marianne.

– Même si vous m'avez bien soignée, il va falloir qu'un médecin m'examine à un moment ou à un autre... puisque j'ai des fractures. Comment on va faire ?

Logique, sa question ! se dit Raymond, *c'est bien joli d'inventer des histoires, mais il faut en assurer le service après-vente.*

– Ne t'en fais pas, Marianne, répondit-il sur un ton rassurant, je pense que mes connaissances anatomiques t'ont mise à l'abri des complications mais bien sûr, je ferai venir un médecin chez moi pour t'examiner.

– Quand ? se hasarda Nadia.

– Planque-toi bien ! ordonna Raymond pour éviter de répondre, on arrive et la vieille est encore à sa fenêtre.

Raymond rentra la Volvo dans le grand atelier et en referma soigneusement les portes coulissantes. Un quart d'heure plus tard, Nadia était installée dans le bureau sans fenêtre, son matelas et quelques magazines posés par terre et le seau hygiénique à proximité. Elle considéra la pièce. *Je suis en prison !* se dit-elle. *Pourquoi ce type m'enferme-t-il ainsi ? Il est de plus en plus bizarre.*

– Bon, je reconnais que c'est pas le Hilton, plaisanta le vieil homme pour détendre l'atmosphère, mais je vais essayer de remonter le niveau de confort en nous préparant un repas correct. Je mangerai avec toi. Tu aimes les légumes farcis ? J'en ai au congélateur.

– C'est parfait, Paul ! répondit Nadia sur un ton faussement enjoué. Dites-moi, vous collectionnez les meubles ? Votre garage en est rempli.

– Je ne les collectionne pas, je les vends. Je suis brocanteur.

Raymond referma la porte de la pièce à clé et monta à l'étage. Cette précaution saugrenue conforta Nadia dans ses craintes. Pourquoi la cloîtrer alors qu'elle était immobilisée par des plâtres ?

Pendant qu'il cuisinait, elle trompa son ennui en feuilletant un des Paris Match qu'il avait laissé près du matelas. Elle tournait mécaniquement les pages sans arriver à fixer son attention. Au milieu du magazine était resté inséré un courrier du service des abonnements. La lettre était adressée à Raymond Robert, 12 lotissement du Causse 46 700 Lacapelle Marival. Nadia referma le Paris Match avec gravité. Elle se retrouvait dans un piège. Son prétendu sauveur lui dissimulait sa vraie identité. Certes, elle avait fait de même avec lui, mais pour elle, c'était comme un reflexe professionnel. Elle n'avait pas passé cinq ans au sein du Mossad pour rien. Maintenant, tout lui revenait, tout, y compris ses automatismes de guerrière. *S'il m'agresse, je l'élimine.*

Au bout d'une vingtaine de minutes, Raymond réapparut, portant deux assiettes copieusement garnies et une bouteille de vin rouge coincée sous le bras. Il alla chercher un guéridon et une chaise dans le garage, s'installa face à Nadia et lui tendit une assiette où une tomate et une courgette farcies exhalaient un fumet particulièrement engageant.

– C'est vous qui l'avez fait, Paul, ou votre épouse peut-être ? demanda la jeune femme.

– Oui, c'est du « fait maison », par moi. Au fait, je suis veuf.

– Oh ! Excusez-moi !

– C'est pas grave, tu ne pouvais pas savoir ! Allez, goûte-moi ces légumes !

Ils mangèrent en silence, perdus l'un et l'autre dans leurs pensées.

– Tiens, prends un peu de ce vin ! proposa Raymond en tendant un verre quasiment plein à Nadia.

– Non merci ! refusa poliment Nadia, je ne bois pas d'alcool.

– Allez, c'est du Marcillac, un vin de l'Aveyron que j'achète à un producteur. Tu vas voir, ça va te remettre d'aplomb !

– Non, vraiment ! Je n'aime pas le vin. Et puisque vous parlez de me remettre d'aplomb, Paul, vous ne m'avez pas répondu tout à l'heure dans la voiture, au sujet du médecin.

– Mais dis-moi, commenta perfidement Raymond, j'ai l'impression que tu es en train de récupérer ta mémoire, toi. Dans ce cas, on pourrait peut-être rediscuter un peu de ta présence à Lacapelle l'autre nuit ?

– Paul, vous ne me répondez jamais pour le médecin ! insista Nadia. Pourquoi ?

Raymond se leva, repoussant sa chaise avec un geste d'agacement.

– Mais bon Dieu, c'est une obsession ! Ok, il viendra ton toubib ! Laisse-moi le temps de m'organiser, merde ! Tu sais, moi, j'avais une vie tranquille avant de te porter secours ! Je n'ai que des soucis depuis que je m'occupe de toi. Et puis je n'ai plus vingt ans, tu l'as peut-être remarqué, alors chaque chose en son temps. Je fais comme je peux.

En s'emportant ainsi, Raymond pensait obtenir de la jeune femme des excuses ou du moins un répit. Mais Nadia ne répondit pas, se contentant de le regarder dans les yeux avec une expression étrange, comme si elle l'avait percé à jour. Raymond tenta de dissiper le malaise qui grandissait.

– Bon, Marianne, désolé, je me suis énervé parce que j'ai deux nuits blanches derrière moi. Il faut absolument que je me repose un peu... Je vais aller m'allonger et je redescendrai te voir après. Tu as de l'eau et aussi de la lecture. Si tu as besoin de quelque chose, appelle fort, je t'entendrai d'en haut. En attendant, je te suggère de faire comme moi, repose-toi. On reparlera de tout ça en fin d'après-midi.

Nadia hocha la tête en signe d'approbation. Raymond sortit de la pièce et alors qu'il allait encore en refermer la porte elle lui lança :

– Vous savez, Paul, vous pouvez laisser ouvert. Avec mes plâtres, je ne vais pas m'enfuir.

– C'est juste pour ta sécurité, je préfère fermer. A tout à l'heure.

Nadia s'allongea sur son matelas. Ce type mentait. Elle ne savait pas pourquoi il l'avait ramenée chez lui ni pourquoi il la pressait de questions mais il lui faudrait s'échapper d'ici d'une manière ou d'une autre.

Raymond s'allongea sur son lit. Cette fille mentait. Il ne savait toujours pas ce qu'elle fichait près de l'étude d'Emmanuel au moment de l'accident ni pourquoi elle avait les photos des tableaux mais il lui faudrait le découvrir au plus vite. Cette situation ne pourrait pas s'éterniser.

La fatigue eut provisoirement raison de leurs interrogations et tous deux sombrèrent dans le sommeil. Celui de Raymond fut troublé par la présence d'une ombre qui l'observait derrière un rideau de cuisine, celui de Nadia par le rêve d'un chien qui n'arrêtait pas d'aboyer. Elle se réveilla en sursaut. Elle se sentait menacée mais elle était étonnée de ne ressentir aucune peur. Le danger faisait partie de sa vie. Alors, elle se retourna lourdement dans son lit, prit appui sur ses deux mains et commença une série de pompes, grimaçant à chaque mouvement, avec la hargne et la détermination d'une survivante.

La lumière du jour avait considérablement décliné lorsque Raymond finit par se réveiller. Sa montre indiquait 17 h 55. *Bon dieu ! Il faut que je descende la voir !*

– Enfin ! pesta Nadia en le voyant ouvrir la porte du bureau. Cela fait un quart d'heure que je vous appelle. J'ai une envie pressante de faire pipi.

– Désolé, vraiment désolé ! J'ai le sommeil lourd, s'excusa Raymond en installant sa prisonnière sur le seau.

Il attendit dans le garage qu'elle eut fini.

– Paul, dit-elle avec le maximum de diplomatie alors qu'il la reposait sur le matelas, on ne va pas pouvoir rester comme cela bien longtemps. Vous avez réfléchi pour le docteur ?

– Nom de Dieu ! explosa Raymond, quand tu as quelque chose dans la tête, toi... Tu m'emmerdes avec ton toubib ! Pour commencer, je ne l'appellerai que quand tu auras répondu à mes questions. Je veux savoir qui j'abrite, moi, tu comprends ? Bon, alors, qu'est-ce que tu cherchais l'autre soir ? Et ne me prends pas pour un imbécile, tu ne faisais pas du tourisme, hein ?

– Mais enfin, Paul, il y a beaucoup de choses dont je ne me souviens pas, je vous l'ai dit. Vous comprenez bien que je ne le fais pas exprès !

Raymond la fixa d'un regard dubitatif.

– Je n'en suis plus si sûr. En tout cas, tant que je n'aurai pas mes réponses, tu ne verras pas de toubib. Pigé ? Maintenant je vais aller préparer notre souper. Je te descends un plateau et je vais te laisser réfléchir toute la nuit. Je te conseille vraiment d'avoir des choses à me dire demain matin.

– Sinon ? demanda calmement Nadia en soutenant le regard du vieil homme.

Raymond sentit que la menace ne perturbait pas sa prisonnière comme il l'avait espéré.

– Tu verras bien ! conclut-il.

Il monta réchauffer une casserole de soupe de légumes qu'il tenait dans son frigidaire. Il en descendit un grand bol à Nadia, accompagné d'une pomme et de quelques biscuits secs. Ils n'échangèrent aucun mot.

Une fois dans son salon, Raymond essaya de faire le point. *Il faut qu'elle me dise ce qu'elle sait de ce tableau et comment elle a eu ces photos. Comment a-t-elle pu remonter jusqu'à Emmanuel ? Le tableau n'est jamais sorti de chez Cathy.* Il avait beau réfléchir, aucune solution ne lui apparaissait. *Je ne peux quand même pas la torturer. Je n'en suis pas capable. Et si elle était vraiment amnésique ? C'est possible, mais comment le savoir ? Je peux essayer de lui faire peur, de la menacer, de l'affamer. Mais si elle n'est pas amnésique, si elle joue la comédie, elle va me raconter n'importe quoi et me balader comme elle voudra.*

Raymond, las de tous ces doutes, regarda sa montre. Il prit le téléphone et appela sa fille.

Les Delpoux ne passaient jamais à table avant 20 h ou 20 h 30, Emmanuel rentrait toujours assez tard de l'étude.

– Allô ? fit Cathy en décrochant.

– Bonsoir ma fille, c'est papa !

– Ah ! Bonsoir, papa, ça va ? Qu'est-ce qui t'amène ?

– Tu sais quoi ? L'envie de passer prendre l'apéritif chez vous demain soir. Mais j'aimerais venir un peu avant le retour de Manu pour te parler quelques minutes.

Cathy sentit l'inquiétude monter en elle. Son père n'était pas coutumier de ce genre de requête. Aurait-il appris pour Gérard ?

– Papa, dis-moi, il y a un problème ?

– Non, rien de grave, mais j'ai quand même besoin de te parler. Bon, c'est OK pour demain ? Dix neuf heures chez vous ?

– Euh, oui ! D'accord pour dix neuf heures, papa. A demain.

Après avoir raccroché, Raymond avala péniblement une assiette de soupe et renonça à manger autre chose tant les échéances du lendemain obnubilaient son esprit : faire parler Nadia Moreno coûte que coûte et savoir ce que Cathy avait fait du tableau de Max Beckmann pour qu'il en retrouve deux photos à l'hôtel de Figeac.

Il prit dans son buffet une bouteille d'eau de vie de prune que lui avait offerte François Pagnon et s'en versa un verre qu'il but d'une traite. L'alcool embrasa sa gorge puis sa poitrine. Il poussa un profond soupir puis s'en resservit un second verre qu'il n'entama pas immédiatement. Ce n'était pas le soir à se saouler. Il savait que, demain, ses idées devraient être claires et sa volonté inflexible. Il faudrait qu'il soit aussi déterminé que l'homme qu'il avait été quarante ans plus tôt, quand il avait fui sa Suède natale avec dans les bras la petite Cathy et qu'il avait changé d'identité en arrivant en France. S'il s'avérait que Nadia était à ses trousses, il ne lui laisserait aucune chance de détruire ni même de salir tout ce qu'il avait construit. Il but une gorgée de prune et regarda la photo de Cathy tenant Louis dans ses bras à la maternité. Une bouffée d'émotion noua sa gorge. *Moi vivant, rien ne vous arrivera ! Si cette fille en bas menace notre nom et notre famille, elle ne sortira pas vivante de cette maison !* se dit-il solennellement, comme un serment fait à lui-même. Et il vida le deuxième verre d'eau de vie.

13

À l'hôtel du Progrès, le repas du soir venait juste de se terminer. Maurice Dupretz en avait profité pour se renseigner sur le dénommé Rigal et sur Gaston Florac. L'aubergiste s'était une nouvelle fois converti en commère locale. Le détective n'eut pas besoin de forcer la question et put déguster sa daube de sanglier aux pommes de terre, la bouche pleine et les oreilles ouvertes. Il avait appris que Bernard Rigal était menuisier, enfin fabricant de portes et fenêtres, ainsi qu'adepte de la boisson depuis le décès de son épouse. Au vu des photos, Dupretz se dit qu'il n'avait pas que ce vice-là. *Tiens, un menuisier plein de vices... c'est plutôt singulier !* Quant aux propos sur Florac, ils avaient été empreints d'une note de bienveillance qui détonnait avec le discours général de l'hôtelier :

– Vous en connaissez, vous, des patrons qui paient leurs ouvriers dix pour cent de plus que le SMIG ?

– Effectivement...

– Et puis il en fait travailler du monde, dans le département !

– Hum hum.

– Tenez, mon frère, ça fait onze ans qu'il bosse sur les chantiers. S'il y avait pas eu Florac, il bosserait à l'ANPE comme chômeur certifié.

– Ah bon.

– Eh oui, mon frère, c'est pas sa collection de diplômes qui cache la tapisserie du salon.

Maurice Dupretz trouvait que tout ça sonnait faux : un

patron encensé par la population, ça sentait mauvais. La générosité patronale lui paraissait trop souvent entachée de paternalisme qui masquait de petites entourloupes, des services rendus ou à rendre. Il estimait que chacun devait rester à sa place.

– Monsieur Dupretz, vous n'allez pas dire non à une petite part de pompe à huile. C'est ma femme qui l'a faite, c'est une spécialité de son Quercy natal. Le dessert idéal pour l'hiver.

– Hum hum, c'est pas un peu lourd, ce gâteau ? se risqua le détective.

– Pour les gens de la ville, si, répondit le restaurateur avec une pointe de dédain. Eh ! Monsieur Granier, elle est pas bonne la pompe à huile de la femme à Francis ? Vous la trouvez lourde, vous ?

L'homme à la casquette, assis deux tables plus loin, se retourna et émit en signe d'approbation un borborygme incompréhensible amorti par la dernière bouchée du consistant dessert lotois qu'il venait d'engloutir.

– Vous voyez bien, Monsieur Dupretz ! triompha l'hôtelier.

La sonnerie du téléphone sauva le détective.

– Un coup de fil pour vous, Monsieur Dupretz.

– Ok, je le prends dans ma chambre.

Le détective escalada les escaliers quatre à quatre et décrocha.

– Pourrais-je parler à Sherlock Holmes ? demanda une voix hilare.

– Hum hum, répondit le détective sur un ton identique, je vous écoute, mon brave. Un problème d'adultère je présume ? Comme je comprends votre épouse !

– Bougre d'enfoiré ! répondit Alain en éclatant de rire, et dire que c'est pour toi que je viole le secret bancaire. Mais la pêche a été bonne...

– Tu penses que j'ai ferré un gros poisson ?

– C'est pas impossible. Déjà en temps normal, c'est pas

vraiment la misère : un virement mensuel de cinq mille francs tous les cinq du mois. Ça vient du compte du mari je précise. Plus quelques rallonges de temps en temps.

– Et c'est tout, rien de spécial ? l'interrompit Dupretz.

– Attends, camarade, j'allais y venir ! T'es toujours pressé, toi. Justement, le mois dernier, tiens-toi bien, un joli chèque de cent cinquante mille francs sur le compte de la dame, mais pas du mari ce coup-ci !

– Tu as pu identifier le compte émetteur ?

– Ça vient d'une banque suisse. J'en sais pas plus. Voilà, t'es content ?

– Ouais, c'est déjà pas mal... Tu deviens presque aussi fort que moi en enquête privée !

– Tu parles ! Y a qu'à lire son relevé de compte.

– Et ça sent quoi d'après toi ?

– Ça sent surtout la bourgeoise qui craque le pognon de son imbécile de mari.

– Hum hum, une histoire de cul ?

– Non, pas de note d'hôtel, pas de grosse dépense, juste des retraits au guichet.

– Et toi, toujours célibataire ?

– Et oui, qu'est-ce que tu crois. C'est pas avec mon salaire de banquier que je vais pouvoir habiller une princesse !

– Fais-moi pleurer. Hum hum, tu veux plutôt dire que tu ne sais pas quelle princesse choisir... Tu sais qu'ici, dans le Lot, les perdrix en liberté se font rares... alors profite bien de la volière parisienne. Salut et merci.

– C'est toujours avec plaisir. Et tiens-moi au courant de ton enquête.

– Ça marche. Ciao.

Cent cinquante mille francs ! Putain, qu'est-ce que c'est que ça ? Mais bien sûr... elle a fait un deal avec Nadia Moreno ! C'est évident ! J'aurais dû y penser plus tôt : Cathy, l'épouse parfaite, a vendu le code du coffre à Nadia Moreno, pour cent cinquante mille francs. C'est pour ça qu'il n'y a pas eu d'effraction. Et voilà comment on boucle une enquête en une journée ! Nadia Moreno bossait pour Florac... ou Simerski. Mais ça on s'en fout. Je suis vraiment trop fort, pensa Maurice Dupretz. *Je vais rendre une petite visite à l'épouse modèle.*

Le lendemain matin, notre détective prit rapidement son petit déjeuner et se mit en planque près de la maison de la famille Delpoux. Il vit d'abord passer le notaire vers huit heures quinze, puis dix minutes plus tard son épouse et son fils. Il suivit discrètement la Golf qui prenait le chemin de l'école. Madame Delpoux déposa sa progéniture et, au lieu de retourner chez elle, prit la direction de Figeac. Dans sa 403 noire, Maurice Dupretz lui fila le train à distance respectable. De toute façon il savait pertinemment qu'on ne se faisait repérer que par quelqu'un qui se savait suivi. Ce n'était pas le cas aujourd'hui.

Elle le conduisit jusqu'à Figeac où elle se gara sur la place du Foirail. Elle vérifia son maquillage et se recoiffa. Elle partit d'un bon pas, prit un petit escalier et descendit vers le centre ville. Sa chevelure blonde se balançait sur ses épaules à chacun de ses pas. Elle était grande, svelte, belle dans son élégance de femme mûre. Au 23 rue Juskievski, elle entra dans un petit immeuble, après avoir jeté un coup d'œil à gauche et à droite avant d'entrer. *Tiens,* se dit Maurice Dupretz, *elle n'a pas l'air si tranquille que ça la bourgeoise.* Il se cala sous un porche à une trentaine de mètres sur le trottoir d'en face et patienta dans le froid. Au bout d'un quart d'heure, pas de Madame Delpoux en vue. Au bout d'une demi-heure, il commença à s'impatienter. *À tous les coups, elle est allée retrouver Nadia Moreno dans sa planque.* Le détective avisa un fleuriste un peu plus bas dans la rue. Il acheta un bouquet de roses et entra à son tour dans l'immeuble.

Il y avait six boîtes aux lettres. Il jeta un œil rapide sur les noms tout en sachant qu'il n'apprendrait rien. Il grimpa au premier étage. Il sonna à la porte de gauche. Rien, pas de réponse. Puis porte de droite : une octogénaire au regard malicieux lui ouvrit.

– C'est pour moi ces fleurs, jeune homme ? fit-elle d'une voix chevrotante.

– Vous êtes Madame Delpoux ? fit Maurice par pure politesse.

– J'aimerais bien quand je vois ces jolies fleurs, mais il n'y a pas de Madame Delpoux dans cet immeuble. Bonne journée, jeune homme ! soupira la vieille dame en refermant la porte.

Le détective grimpa au deuxième étage. Là aussi deux appartements. En sonnant au premier, il entendit brailler un enfant en bas âge à travers la porte. Une jeune femme au bord des larmes lui ouvrit.

– Hum hum, Interflora, j'ai ce bouquet pour Madame Delpoux.

– Connais pas ! rétorqua sèchement la jeune femme. Par contre, si vous voulez lui donner le bébé que je garde avec le bouquet, à votre Madame Delpoux, je vous l'amène de suite. Essayez en face. Je ne connais pas les voisins.

Le détective prit poliment congé et alla sonner à l'autre porte : pas de réponse.

Il ne restait plus que le troisième étage. Le détective monta silencieusement, son bouquet dans les bras. Il sonna à la porte de gauche, chez Gérard Masbou, sculpteur. Son oreille aguerrie perçut distinctement des pas précipités dans l'appartement, comme si la sonnerie avait dérangé les occupants. La porte s'ouvrit et il se trouva face à un gars barbu, la quarantaine, qui semblait s'être habillé en toute hâte, son T-shirt enfilé à l'envers.

– Oui, c'est pour quoi ? demanda-t-il en considérant les

fleurs avec étonnement.

– Interflora, répondit Dupretz en souriant, ce bouquet est pour Madame Delpoux. C'est bien ici ?

Le bonhomme se figea et changea instantanément de couleur. Ses yeux s'étaient écarquillés et sa mâchoire pendait.

– Hum hum, on m'a demandé de porter ces fleurs à Madame Catherine Delpoux, insista Maurice Dupretz, certain maintenant d'avoir frappé à la bonne porte.

– Euh... Il n'y a personne à ce nom ici, affirma le gars qui tentait mollement de reprendre consistance.

– Vous en êtes certain ? continua le détective qui se tordait le cou pour essayer d'entrevoir quelque chose dans l'appartement.

– Écoutez, n'insistez pas. Fichez-moi la paix, dit Gérard Masbou en claquant la porte au nez de Maurice Dupretz.

Ça alors ! La parfaite épouse du notaire s'envoie en l'air avec un artiste notoirement inconnu, railla le détective tout en se félicitant de sa découverte. *Merde, moi qui croyais éviter les sordides histoires d'adultère...*

Maurice Dupretz balança le bouquet de fleurs dans une poubelle et reprit sa planque sous le porche. Il n'eut pas longtemps à attendre. Cinq minutes plus tard, il vit l'épouse du notaire sortir de l'immeuble. Elle regarda à gauche puis à droite, manifestement inquiète, puis se dirigea vers sa voiture. Le détective lui emboîta le pas et la rattrapa à l'angle de la rue. Il lui saisit le bras délicatement, mais elle sursauta et se retourna, prête à se défendre.

– Hum hum. Ne craignez rien, je ne vous veux aucun mal.

– Lâchez-moi ! Qui êtes-vous ? dit-elle suffisamment fort pour attirer l'attention de quelques passants.

– Je travaille pour votre mari. Je suis détective privé et

accessoirement livreur de fleurs.

– Fichez-moi la paix, je vous dis, continua Cathy en dégageant son bras.

– Ne faites pas tant d'histoires. Entrons dans ce café, j'ai à vous parler.

– Et pourquoi, s'il vous plait ?

– Hum hum, parce que vous n'êtes pas vraiment en situation de refuser, sourit Maurice Dupretz. *Elle a du caractère*, pensa-t-il. *Blessée mais pas abattue.*

Elle le toisa d'un regard franchement haineux. Mais il lui ouvrit galamment la porte du bar pour la laisser passer. Elle s'assit à une table au fond de la salle. Il prit le temps de retirer ses gants et d'ôter son manteau, lentement. À peine fut-il assis qu'elle attaqua :

– Bon, vous avez réussi à me coincer. Vous êtes content je suppose. J'espère que mon mari vous paie bien pour faire ce boulot de merde !

– Hum hum. Votre mari me paie correctement en effet. Quand aux qualificatifs de mon métier, il en existe bien d'autres : farfouilleur de poubelle, fouineur de lit conjugal, briseur de couples, j'en passe et des meilleurs. Mais tout dépend de ce que l'on cherche...

Cathy le regarda avec curiosité. Elle s'attendait à être accusée, rabaissée, humiliée. Ce bonhomme était atypique, presque trop courtois. Et en plus il pliait machinalement sa serviette en papier pour en faire... une cocotte.

– Premièrement, je me fous éperdument de vos coucheries extraconjugales. Je ne suis pas payé pour ça... Votre mari m'a engagé pour tout autre chose. J'enquête pour lui dans le cadre d'une affaire professionnelle. Vous pouvez vous détendre et continuer votre petit train-train.

Cathy le scrutait, se demandant si elle devait le croire ou pas. Elle n'y comprenait rien.

– Il ne m'en a pas parlé.

– J'imagine bien. Il ne sait pas que je vous rencontre

aujourd'hui.

Elle eut un regard méfiant. Elle retrouva un peu d'assurance et se permit de lui parler avec fermeté.

– Alors pourquoi m'espionnez-vous ?

– J'imagine que votre mari n'apprécierait pas de savoir que je vous ai suivie. Mais je suis sûr qu'il aimerait encore moins ce que j'ai découvert.

Cathy reprit sur un ton plus humble.

– Ça ne répond pas à ma question. Pourquoi m'avez-vous suivie ? Je ne comprends pas.

– J'essaie de me dépatouiller d'une histoire assez compliquée, et j'avais besoin de vérifier que vous n'y êtes pas mêlée d'une manière ou d'une autre.

Cathy sentit ses forces l'abandonner à nouveau : il était forcément là pour l'enveloppe manquante.

– Connaissez-vous Nadia Moreno ?

– Qui ça ?

– Hum hum. Une certaine Nadia Moreno ?

– Non, ce nom ne me dit rien. Mais pourquoi ?

– En principe, les questions, c'est moi qui les pose. Parce qu'elle, elle vous connaît, semble-t-il.

– Ah bon.

– En tout cas elle connaît votre numéro de compte en banque.

– Comment ? Je ne comprends rien à cette histoire.

– Hum hum. Et comme par hasard, vous avez reçu un versement de cent cinquante mille francs, il y a un mois. Y a-t-il un rapport entre les deux ?

– Que... qu'est-ce que... Mais qui vous a parlé de cet argent ?

– Ça c'est mon affaire. Je réitère ma question : d'où vient cet...

– C'est mon mari qui vous a dit d'enquêter là-dessus ? le coupa Cathy.

– Hum hum. Votre mari me laisse mener l'enquête à

ma guise. Alors d'où...

– Écoutez Monsieur...

– Dupretz, Maurice Dupretz.

– Écoutez Monsieur Dupretz, j'ai une vie d'épouse tranquille à Lacapelle Marival. Je ne manque de rien. J'ai un fils adorable, un mari presque attentionné,... mais je m'emmerde. J'ai besoin de vivre à cent à l'heure, d'être aimée avec passion. Je rêvais d'être reporter avant d'épouser Emmanuel. Voilà, c'est tout, dit-elle en réprimant une larme.

– Hum hum. Et cet argent...

– C'est pour partir. Pour changer de vie. Vous comprenez ?

– Avec le sculpteur ?

– Oui, avec lui, avoua Cathy avant de fondre en larmes.

– Hum hum. Et en échange de quoi avez-vous reçu cet argent ? continua Maurice Dupretz qui suivait sa petite idée.

– J'ai vendu un tableau. Un tableau que m'avait offert mon père. Mais ne le lui dites surtout pas, s'il vous plait, il ne me pardonnerait pas. C'est un cadeau, mon cadeau de mariage.

– Ok, je verrai.

– Je vous en prie...

– Beau cadeau de mariage ! Cent cinquante mille francs ! De quel peintre ?

– C'est un tableau de Max Beckmann.

???

Maurice Dupretz déplia sa cocotte en papier, saisit son stylo et nota le nom sur la serviette. Il rangea le tout dans les poches de sa veste. Puis il planta son regard dans les yeux de Cathy Delpoux.

– Et Nadia Moreno ?

– Je ne connais personne de ce nom. Je vous le jure.

– Vous êtes sûre de n'avoir rien... vendu à Mademoiselle Moreno ?

– Je vous dis que je ne la connais pas.

– Vous voulez un café ? Ou un thé ? proposa le détective.

– Non merci. Je veux rentrer chez moi. Je peux ?

– Oui, bien sûr, je ne vous retiens pas. En tout cas soyez tranquille, je ne parlerai pas de votre... projet à votre mari. Il ne me paie pas pour ça. C'est votre problème, pas le mien.

– Merci, dit timidement Cathy. Merci.

Elle se leva et sortit du bar. Maurice Dupretz la regarda s'éloigner. *Pauvre femme ! Ça ne va pas être facile pour elle.* Il commanda un café. *Mais qu'est ce que cette histoire de tableau vient faire là ?* Le serveur lui apporta son petit noir. Il déplia l'emballage du sucre, posa les trois morceaux sur la sous-tasse, lissa le papier et en fit une cocotte. Il eut une pensée pour Georges Simenon et... *La salope ! Dire que j'ai failli la croire...*

14

Après un dernier café, Gérard décida de se préparer pour être à l'heure à son rendez-vous. Il fallait d'abord qu'il se calme, car cette histoire de livreur de fleurs l'avait passablement agacé. Il s'était engueulé avec Cathy. Du coup il n'avait pas osé lui expliquer qu'il avait décidé, unilatéralement, d'un petit aménagement pour sa rencontre avec le maître chanteur. Il était simplement énervé, excédé, et pris par sa colère intérieure, il lui avait même jeté à la figure qu'ils se chamaillaient comme un couple marié. Elle avait accusé le coup, sans rien dire. Et elle n'avait pas voulu faire l'amour.

Il se planta devant le miroir de la salle de bain et observa en détail son visage. Il sourit et fut satisfait de son reflet. Il était logique que Cathy ait voulu le conquérir. Il était beau, viril, et une myopie assez marquée donnait à son regard un je-ne-sais-quoi qui captait l'attention des femmes. Gérard avait du succès parce qu'il ne s'était jamais contenté de son charme et qu'il savait trouver les mots qui faisaient baisser la garde aux épouses les plus réticentes. Il avait toujours été attiré par les femmes fidèles, fidèles à d'autres, parce que le défi n'en était que plus excitant. Mais avec Cathy, rien de cela. C'était elle qui était venue le chercher, avec audace, appétit et honnêteté, puisque d'entrée elle lui avait avoué qu'elle était mariée et qu'elle ne cherchait qu'à se changer les idées. Il s'était tout de suite dit que Cathy était la femme qu'il attendait, pour quelques années du moins.

L'entrevue à laquelle il devait maintenant se rendre n'était pas de celles durant lesquelles on contait fleurette. Cathy avait consenti à lui confier le pli « Florac-Simerski » dès qu'il lui avait proposé d'aller lui-même au rendez-vous du maître chanteur. Elle avait trouvé ce geste protecteur et courageux mais elle ignorait que la noblesse d'âme du sculpteur masquait des intentions plus vénales. Maintenant, face à la glace, il essayait de se rappeler les films de gangsters, toutes ces sales gueules de sales types croisées sur les écrans des salles de cinéma. Il revoyait les tronches patibulaires des premières séquences de « Il était une fois dans l'Ouest ». Alors il durcit ses traits, crispa un peu son menton pour en gommer la douceur, fronça légèrement les sourcils, fit tressauter les muscles de sa joue droite comme si une nervosité extrême tendait tout son visage et regarda le résultat. Il était une fois dans... le Sud-Ouest.

Il prit l'enveloppe et quitta son studio à douze heures quinze. Au passage, il la glissa dans sa boîte aux lettres. Elle y serait à l'abri. Dans la rue, il chaloupa un peu sa démarche pour parfaire son personnage. Il se sentait presque devenir méchant. Il passa devant la vitrine du bar où Cathy et Dupretz s'étaient attablés une demi-heure plus tôt. Si le détective l'avait vu déambuler ainsi, il aurait sûrement ri de ses grands airs en se rappelant son peignoir et son air ahuri.

Gérard repéra la CX noire garée comme convenu à l'angle de l'avenue Juskievsky. Un homme était assis à l'arrière. Gérard s'arrêta à une dizaine de mètres de la voiture et chercha son reflet dans une vitrine. Il durcit son expression. Puis il s'approcha prudemment et tapa à la vitre. L'homme correspondait bien au signalement que lui avait fait Cathy. Il lui fit signe de monter à l'arrière du véhicule. Gérard lui fit signe de descendre. L'homme insista et Gérard fit non de la tête et du doigt. L'homme se mit à rire et Gérard se demanda pourquoi. Il fit à nouveau signe à l'homme de descendre de la voiture. Tout à coup il sentit dans son dos quelque chose de dur et une main le saisit brutalement par la nuque. La porte arrière s'ouvrit et Gérard fut propulsé sans ménagement à l'intérieur de la voiture. L'homme lui maintint la tête baissée entre les sièges avant et la banquette, dans une posture pour le moins inconfortable.

– Ta copine est pas venue, elle a envoyé le facteur ? Allez, file-moi la lettre…

– Attendez. Lâchez-moi, je vais vous expliquer.

– C'est ta nana qui t'envoie me dire qu'elle a pas la lettre ? Elle veut se débarrasser de toi ?

– Ce n'est pas tout à fait ça…

– Ta gueule ! C'est elle que j'attendais, continua l'homme, pas son coursier. Je n'ai rien à faire avec toi. Contente-toi de la baiser.

– Il y a un petit changement de programme, ânonna Gérard mal à l'aise dans cette position.

– Bon, assez perdu de temps, donne-moi cette fichue lettre qu'on se casse, grogna l'homme en appuyant un peu plus fort sur la nuque de Gérard.

– Faudrait qu'on discute, vous croyez pas ?

– Ah, tu veux discuter… Alors on va trouver un petit coin tranquille pour taper la causette… Démarre, dit-il à son collègue, on va où tu sais.

Ils roulèrent dix minutes puis la voiture s'arrêta. L'endroit était silencieux. Juste une cabine téléphonique devant un stade désert. La porte arrière s'ouvrit et deux mains extirpèrent Gérard du véhicule et le jetèrent sur le trottoir. Au passage, il reçut aussi un violent coup de pied dans le ventre. Son estomac se contracta et il vomit son café du matin.

– Bon, tout à l'heure tu nous as parlé d'un petit changement de programme. C'est le moment de développer. On t'écoute mon grand !

– Eurgh... Je... Eurgh...

– Parle plus distinctement l'artiste. Bon t'accouches ! Tu l'as ou tu l'as pas cette lettre ?

– Je l'ai... eurgh... cinq cent mille et elle est à vous.

Les deux hommes éclatèrent de rire. Gérard se tortillait à genoux. Ils étaient dans un endroit désert et il ne servait à rien de crier ou d'appeler au secours.

– J'ai dû mal entendre, s'esclaffa le conducteur de la CX. Tu peux répéter ta dernière phrase ?

– Eurgh, cent mille francs et elle est à vous, tenta Gérard, révisant ses plans à la baisse.

Pour toute réponse, le deuxième homme lui balança son pied dans la figure et le nez de Gérard explosa comme un fruit mûr.

– Salauds ! hurla-t-il. Je vais l'envoyer à Libé... eurgh et au Canard Enchaîné, gémit Gérard en crachant du sang. La chaussure était tachée de rouge.

– Ce n'est pas bien du tout de me parler comme ça. Tu sais, on n'a pas beaucoup de savoir-vivre. On n'est pas très civilisé. Alors, cette lettre, tu nous dis où elle est ?

Malgré la douleur, Gérard tenta le tout pour le tout.

– Cinquante mille francs et... et...

– Et tu remets ça ? Pas croyable... Le sculpteur de mes deux qui veut nous faire chanter ! Où t'as vu ça, connard ? Dans un roman de gare ? Tu réalises pas dans quel merdier tu t'es fourré. Ta pouffiasse t'a pas bien expliqué : tu apportes l'enveloppe, tu dis au revoir, et tu te casses. Un point c'est tout. Sinon...

Pour illustrer son propos, il lui décocha une douzaine de coups de pied à la volée sur tout le corps. Gérard eut l'étrange impression que cette brute remodelait sa chair comme lui modelait la terre dans son atelier. Il n'était plus le sculpteur, il était la sculpture. Il ne put que se mettre en position fœtale pour essayer de se protéger.

– Bien, maintenant, si tu ne veux pas que je retapisse cette cabine avec ton sang et tes tripes, tu vas appeler ta greluche et lui dire de rappliquer dare-dare avec la lettre.

– Non ! hurla Gérard en se tordant de douleur. Non, non et non !

L'homme s'agenouilla et se pencha vers Gérard, presque affectueusement. Il dit tout bas quelque chose que Gérard ne comprit pas. Puis, délicatement, il lui saisit l'index de la main gauche et le retourna brusquement faisant entendre un bruit de branche cassée.

– Aïeeeeee ! hurla Gérard. Aïeeeeee !

– C'est pas bien de jouer avec mes nerfs. Et puis arrête de gueuler, c'est agaçant… J'aime le silence moi.

– Elle est dans la boîte aux lettres.

– Super ! Bon allez, donne-moi le numéro de ta pétasse, t'es pas en état de causer.

Gérard bredouilla tant bien que mal le numéro de Cathy entre ses lèvres tuméfiées. Il vit l'homme de main se diriger vers la cabine téléphonique et entendit vaguement la conversation.

– Madame Delpoux ?

– …

– Je vous appelle de la part de Monsieur Masbou.

– …

– Non, il ne peut pas vous parler pour l'instant.

– …

– Non, il suffit simplement que vous nous apportiez la lettre que nous vous avons demandée. Elle est dans la boîte aux lettres de l'appartement de votre ami Gérard.

– …

– Oui, tout de suite.

– …

– Soyez là d'ici une demi-heure avec la lettre sinon un de mes collègues se verra dans l'obligation de récupérer votre fils à l'école pour l'emmener goûter. Vous comprenez ?

– ...

– C'est ça. Nous vous attendons. Nous sommes près d'une cabine téléphonique à côté du stade à Figeac.

– ...

– Oui, Monsieur Masbou est impatient de vous revoir. A tout à l'heure !

L'homme revint vers la voiture.

– Ta copine arrive dans pas longtemps. Tu m'entends, eh connard ?

Son collègue et chauffeur fumait tranquillement une cigarette adossé à la CX. Il prenait un plaisir sadique à laisser tomber la cendre sur la tête de l'infortuné sculpteur. À la dernière bouffée, il regarda son mégot et l'écrasa sur le dos de Gérard qui geignait sur le trottoir.

15

Il devait être deux ou trois heures du matin. Nadia savait désormais qu'elle était prisonnière, elle essayait de se préparer à l'affrontement annoncé. Elle avait compris qu'elle ne pourrait plus utiliser la carte de l'amnésie pour éviter de répondre à son geôlier. Lui cacher le but de sa mission avait été d'autant plus facile au départ qu'elle ne s'était réellement souvenue de rien. Mais à présent, il n'y croyait plus.

Dans les premières heures de la nuit, ses rêves avaient été oppressants et l'avaient réveillée à plusieurs reprises. L'image de ses grands parents s'était imposée à chaque fois. Ses grands parents chéris. Johan et Sarah. Elle savait d'eux tant de choses, la rue où ils habitaient, les prénoms de leurs six enfants, la moindre de leurs habitudes, leurs fêtes et la musique qu'ils aimaient écouter. Mais dans ses souvenirs, leur image restait irrémédiablement figée, comme pétrifiée pour l'éternité dans une pose artificielle, dans la grisaille d'une jeunesse monochrome. Elle ressentait le manque, le vide entre ses bras, le besoin de les enlacer et la colère que leur absence attisait. Personne ne pouvait la comprendre. Personne ne l'avait jamais comprise. Elle menait son combat seule et cet homme était un obstacle sur sa route. L'heure n'était plus à l'évitement mais à la contre-attaque.

Comment faire en étant diminuée physiquement ? Assise sur le matelas, elle considéra ses deux jambes plâtrées qui la clouaient au lit et eut soudain un déclic. Elle se souvint que ses jambes l'avaient plutôt bien portée quand elle s'était mise debout dans la cabane et qu'elle n'avait ressenti qu'une douleur très relative. *Si ce type m'a menti sur son identité, pourquoi ne m'aurait-il pas aussi menti sur mes fractures ? Il faut que je vérifie. Tout de suite...*

Elle avisa les étagères fixées au mur par des vis de gros diamètre. Elle rampa à travers la pièce et, se saisissant du montant métallique qui soutenait les lourdes planches, elle entreprit de se mettre debout, au risque d'accentuer, si son intuition était mauvaise, la gravité de ses fractures. Les bras de Nadia étaient puissants. Elle se retrouva debout contre le mur en quelques secondes. Aucune douleur fulgurante ! Elle avança sa jambe gauche, puis la droite, tout en s'écartant progressivement du mur auquel elle était adossée. Elle se retrouva debout, bras écartés, comme pour amortir une chute éventuelle... qui ne se produisit pas.

Bon Dieu ! ragea-t-elle, *tout ça était bidon ! Mes jambes sont intactes! Depuis le début, il m'a raconté des histoires... Le salaud! Mais qui est ce type ? En tout cas, demain je serai dehors, même si je dois l'étrangler de mes propres mains pour m'enfuir d'ici. D'abord, me débarrasser de ces putains de plâtres.*

Elle remarqua une cuillère à café que son geôlier avait négligemment oubliée et entreprit d'en utiliser le manche métallique pour dévisser une des grosses vis qui maintenaient les étagères. Les doigts rougis d'avoir serré aussi fort cet outil si peu adapté, elle se sentit emplie d'un sentiment de victoire qu'elle n'avait plus ressenti depuis longtemps lorsque la vis fit ses derniers tours. Sans attendre, elle utilisa le filetage épais pour entamer le plâtre de sa jambe droite, commençant à la hanche. Après une heure de travail acharné et silencieux, alors qu'elle n'avait pas encore atteint son genou, elle se rendit compte de l'ampleur de la tâche qui restait à accomplir.

La nuit était bien avancée quand, les bras tétanisés par l'effort, elle libéra enfin sa seconde jambe. Elle se leva et fit quelques mouvements d'assouplissement pour les désengourdir. Il restait certes des hématomes, preuves du choc avec la voiture deux jours plus tôt, mais aucune trace de fractures. Elle avait besoin de bouger. Elle fit des flexions, sautilla sur place puis elle étira consciencieusement chaque muscle de son corps. Elle cacha sous le matelas les débris de plâtre et posa la cuillère en équilibre précaire sur la poignée de la porte, pour que sa chute la réveille dès que le vieil homme l'ouvrirait. Elle retourna sur le matelas, tira le drap pour cacher ses jambes nues et s'endormit, le point serré avec hargne sur la vis, sa seule arme disponible.

Raymond entra d'un pas décidé, le regard noir et ne prêta pas attention au bruit de la cuillère sur le parquet. Il apportait une chaise et s'assit, bras croisés sur le dossier. Il s'installait pour un interrogatoire qu'il imaginait long et âpre. Il était prêt.

Nadia secoua la tête comme pour remettre ses idées en place. Elle vérifia les draps, tout allait bien, ils cachaient parfaitement ses jambes. A tâtons, elle chercha la vis qu'elle avait lâchée pendant son sommeil.

– Le moment est venu de tout me dire… Nadia. Eh oui, tu vois, je connais ton nom. Tu es surprise, hein ? Bon, on ne joue plus à présent. Je veux savoir qui tu es, pour qui tu travailles et ce que tu faisais l'autre soir dans les rues de Lacapelle, près de l'étude de Maître Delpoux à deux heures du matin ? Réfléchis bien avant de me dire n'importe quoi. Je t'écoute !

Nadia leva vers le vieil homme un regard chargé de défi.

– Je vous dis tout ... ou bien, « on » se dit tout, Monsieur... Raymond Robert ?

Il eut un mouvement de recul mais tenta de masquer son trouble.

– Comment le sais-tu ? demanda-t-il avec un agacement certain.

De la main gauche, Nadia tendit à Raymond le bulletin d'abonnement libellé à son nom. Sa main droite, toujours sous le drap, restait prête à frapper.

– Je sais lire vous savez... Vous, le dénommé Paul Ménard, mon sauveur, mon ange gardien, je ne m'attendais pas à de telles cachotteries de votre part. Cela me déçoit un peu. Vous n'auriez pas d'autres petits secrets du même genre ?

Raymond se leva brusquement en repoussant sa chaise vers le mur. Il était furieux d'avoir laissé à sa prisonnière un indice aussi évident. L'ironie de Nadia ajoutait à sa colère.

– Les questions, c'est moi qui les pose ! hurla-t-il, comme pour reprendre la main dans la joute qui l'opposait à la jeune femme.

Apparemment il en fallait plus pour l'impressionner.

– Je les attends, vos questions, pour comprendre vos intentions, répondit Nadia avec désinvolture.

Il ramena la chaise devant lui et se rassit. Mais il n'était pas encore assez près. Nadia ne présumait pas de ses forces, elle se devait d'attendre qu'il soit vraiment à sa portée pour frapper.

– Je suis passé à ton hôtel à Figeac et j'ai trouvé pas mal de choses étranges dans tes affaires. Je passe sur les deux perruques. Pourquoi pas après tout. Par contre, tu vas m'expliquer par le détail ceci.

Il extirpa de la poche intérieure de sa veste le Beretta qu'il avait trouvé à l'hôtel.

– Alors ? Tu te balades souvent avec ce genre de truc sur toi ?

– Vous le savez bien, Monsieur Robert, les rues ne sont pas sûres le soir, ironisa la jeune femme.

– Très bien, continua Raymond, admettons... Mais j'ai aussi autre chose à te montrer.

Il replongea la main dans sa veste pour en sortir les deux photos du tableau de Max Beckmann et les brandit sous les yeux de Nadia comme une preuve accablante.

Cette fois-ci, la prisonnière marqua un temps d'arrêt. L'homme en savait sans doute plus qu'elle ne le pensait et cela le rendait plus dangereux que prévu.

– Bon, et alors ? J'ai pas le droit d'avoir des photos dans mes affaires ? lança-t-elle sur un ton faussement détaché.

– Mais si, Nadia, toutes les photos du monde, seulement, ces deux-là, tu n'aurais jamais dû les avoir. Qui te les a données ?

– Honnêtement, et sans chercher à jouer l'amnésie, je ne m'en rappelle même plus, dit-elle avec un petit rire.

– Tu te fous de ma gueule ! Tu traînes la nuit près de l'étude de mon gendre, tu prends rendez-vous avec lui sous une fausse identité... Pourquoi ? Que lui veux-tu ? C'est ce tableau que tu cherches, hein ?

Nadia n'en croyait pas ses oreilles : devant elle se tenait l'homme qu'elle recherchait. L'âge correspondait, ainsi que ce léger accent scandinave. Dans ce bureau glacial où il l'avait enfermée, elle était en train de toucher au but. Sa vengeance était à portée de main. Mais il lui faudrait jouer serré pour s'échapper d'ici et dénoncer son geôlier à la police.

– Alors, je t'écoute ! s'impatienta Raymond.

– Je suis prête à vous dire... tout ce que... je peux vous dire... mais je...

La réponse de Nadia se perdit dans un murmure. Elle écarquilla ses yeux et fit mine de ne plus pouvoir maîtriser sa respiration. Sa poitrine se soulevait anarchiquement, chaque prise d'air devenait de plus en plus bruyante, de plus en plus rauque.

Un instant étonné, Raymond finit par s'inquiéter et se précipita pour la secouer énergiquement.

– Qu'est-ce qu'il t'arrive encore ? Tu vas te calmer, oui ?

Il sentit une douleur fulgurante lui traverser le biceps et sa prisonnière bondit en direction de la porte. Elle était déjà à un mètre du lit quand il la rattrapa et la jeta contre l'étagère. Mais son bras sanguinolent lui arracha un hurlement de douleur. Nadia bondit sur son dos pour entamer un étouffement avec son avant-bras. *Putain, cette garce a viré ses plâtres !* Elle témoignait d'une force physique qu'il n'avait pas soupçonnée. Ne sachant que faire pour lutter contre l'étranglement méthodique qu'il subissait, Raymond se jeta sur le matelas, la jeune femme toujours agrippée à lui. Ils roulèrent ensemble, leurs corps enchevêtrés et il entendit Nadia pousser un couinement étrange alors qu'il tentait d'échapper à la suffocation. Il sentit l'étreinte de moins en moins ferme autour de son cou et parvint à respirer un peu. Portant la main à sa gorge, il haleta un long moment, les yeux fermés. Quand il les rouvrit, il sentit sa nuque comme couverte de sueur. Il passa ses doigts dans ses cheveux et les retira ensanglantés. Sa tête n'était pourtant pas douloureuse. Paniqué, il roula hors du matelas et découvrit horrifié le visage de Nadia auréolé de sang, une énorme vis plantée dans le cou. Le regard fixe, figé dans une ultime expression d'étonnement, la jeune femme avait cessé de vivre. Raymond se releva péniblement et contempla cette scène surréaliste.

– Mon Dieu !... Je l'ai fait... Je l'ai fait...

Un sentiment de culpabilité l'envahit, qu'il repoussa aussitôt.

C'est un accident, je n'y suis pour rien. Je ne suis pas un assassin ! se dit-il comme pour s'en persuader.

Il s'était certes préparé à ce genre de dénouement, mais pas de cette manière, pas si tôt. Son bras lui faisait toujours horriblement mal. Il devait pourtant s'occuper en priorité de nettoyer tout ce bordel. Il ne pourrait pas porter le corps inerte bien loin, le congélateur lui sembla la meilleure option. Avec le drap, il fit un pansement grossier autour du cou de sa victime pour empêcher le sang de se répandre dans son atelier et traîna le cadavre dans les escaliers. À chaque marche, les pieds de sa victime s'emmêlaient étrangement. En ahanant, il s'arrêta devant le congélateur et en ouvrit le couvercle. Le corps glissa mollement entre les quatre parois.

Il repartit vers le bureau. Le chemin qu'il avait emprunté était marqué à intervalle régulier de taches de sang. *Il faudra que je nettoie tout ça.* Il remonta l'escalier. De son bras, une brûlure se diffusait vers tout son torse. Il entreprit de retourner le matelas et se résigna à ne le faire que de la main gauche, maladroitement. Il découvrit les restes de plâtres, se reprocha de n'avoir rien vu. Il prit le pot de chambre, ramassa une cuillère déformée qui traînait près de la porte et sortit en fermant à clef.

Il ressentit alors le besoin impérieux de se laver. Il se savonna une fois, deux fois. Trois fois. Il lui semblait que dans les plissures de sa peau les traces rouges ne voulaient pas disparaître. Il sortit de sa douche et s'avança vers la fenêtre de la salle de bain. À la lumière du jour, il examina la plaie de son bras. Elle n'était vraiment pas belle et allait certainement l'handicaper pendant tout l'hiver. Il secoua la tête en pestant entre ses lèvres.

16

D'aussi loin qu'il s'en souvenait, Maurice Dupretz avait été un franc tireur. Enfant déjà, il avait montré un réel dédain pour les sports d'équipe, les sorties scolaires ou les spectacles de fin d'année. Rapidement, il avait constaté que l'instinct grégaire lui était étranger et que seuls son action et ses choix individuels lui semblaient légitimes.

Au début de sa carrière dans la police, il n'avait pas tardé à être repéré par sa hiérarchie, non seulement parce qu'il était le plus doué des négociateurs que comptait la P.J. parisienne, mais parce qu'il usait de son art du dialogue pour manipuler ses collègues. Ses supérieurs avaient un temps espéré tirer tous les profits possibles de ce talent, mais l'antipathie que Dupretz éprouvait pour l'autorité était rapidement devenue réciproque. Il travaillait en solo, considérant comme improductif d'essayer de convaincre quiconque du bien fondé de son instinct. Pour couronner le tout, il ne daignait s'acquitter de ses besognes administratives qu'une fois les affaires élucidées.

Après avoir quitté la Police, s'installer en indépendant lui avait semblé être la solution idéale. Plus de hiérarchie, bien sûr, mais des clients curieux qui voulaient qu'il leur rende compte régulièrement. Aujourd'hui, c'est à Maître Delpoux qu'il devait rendre compte. Il avait la conviction, la certitude même, que Nadia Moreno travaillait pour Florac et s'était glissée dans l'étude la nuit où le notaire l'avait percutée. Elle avait sans doute profité de la complicité de Madame Delpoux pour ouvrir le coffre. Sur ce point, il devait encore faire quelques petites vérifications car son client, comme les commissaires autrefois, exigerait des preuves.

Il entra d'un pas décidé et se planta devant le bureau de la secrétaire.

– Bonjour Madame, veuillez informer Maître Delpoux que Monsieur Dupretz est là.

Marilyne n'aimait pas les gens trop sûrs d'eux. Aussi toisa-t-elle d'un regard oblique l'homme qui se trouvait devant son bureau, se demandant bien qui était ce visiteur qui n'avait même pas pris la peine de téléphoner : un malotru sans aucun doute.

Après avoir consulté l'agenda de l'étude, elle put lui affirmer, triomphante, qu'aucun rendez-vous n'était prévu avec le notaire en ce début d'après-midi. Le détective persista poliment.

– Hum hum, certes, mais j'ai appelé Monsieur Delpoux entre midi et deux. Il est au courant de ma venue.

– Maître Delpoux n'est pas rentré de déjeuner. Je ne peux donc pas vérifier. Il vous faudra attendre.

Elle fut étonnée de voir l'homme lui répondre avec le sourire.

– Oh, pas de problème. Attendons.

Elle replongea le nez dans un dossier et fit mine d'être accaparée par sa lecture mais observa du coin de l'œil le visiteur. Il déambulait lentement d'une fenêtre à l'autre. Il se rapprocha soudain du bureau.

– Hum hum. Pour tout vous dire, je suis de Villefranche de Rouergue et je cherche une maison dans le coin.

– Ah bon ! fit distraitement Marilyne.

– Le coin me parait plutôt sympathique et agréable. Et puis les gens ont l'air si chaleureux, si accueillants...

La secrétaire leva la tête lentement, ayant deviné l'ironie dans la remarque de Maurice Dupretz. A nouveau, il était souriant. Prise au dépourvue, elle ne trouva d'autre réponse qu'un sourire un peu gêné.

– Hum hum. Et vous pensez que Maître Delpoux a beaucoup de maisons à vendre par ici ?

– C'est que nous ne sommes pas une agence immobilière...

– Bien sûr, excusez-moi, dit-il en hochant la tête.

– À l'étude, nous n'avons des biens à la vente que dans le cadre des actes notariés qui les concernent.

– Pardon ? fit mine de ne pas comprendre le détective.

– Excusez-moi à mon tour, j'emploie trop souvent le jargon notarial. Je finis par ne plus m'en rendre compte. Je voulais dire, lors d'une vente, d'un décès, ou d'un divorce, vous voyez ? répondit Marilyne qui se découvrait une certaine curiosité pour ce client qu'elle n'avait pas pris le temps de bien regarder. *Plutôt bel homme pour son âge ! Et puis il n'est pas si vieux que ça, il ne doit avoir que deux ou trois ans de plus que moi.* Il était svelte, ce qui lui conférait une élégance naturelle. Naturelle, mais très différente de la rusticité des Marivalois. Lui avait quelque chose de plus « citadin ».

– Ah bien sûr. Merci beaucoup.

Il n'avait maintenant plus besoin de forcer ses sourires pour qu'elle soit avenante. Il s'avança vers la rangée de sièges puis fit demi-tour.

– Dites-moi, y aurait-il dans le coin un endroit où je pourrais acheter des œuvres d'art ? Pour décorer ma future maison.

Avec un petit air précieux, elle chercha au fond de sa mémoire.

– Il y a bien une exposition, au château de Lacapelle. Mais c'est de l'artisanat plus que de l'art. Sinon... Sinon je ne vois pas, je suis vraiment désolée.

– Oh, ne vous inquiétez pas, ce n'est pas grave. On ne

peut pas être parfaite en tout. Merci beaucoup en tout cas.

Maurice Dupretz se régalait d'être charmant avec cette secrétaire sans perdre de vue son objectif : se la mettre dans la poche. Il se plongea dans la lecture de l'édition locale de la Dépêche du Midi et patienta.

Il n'avait encore rien lu d'essentiel quand Emmanuel apparut enfin. Les mains de Marilyne s'immobilisèrent un court instant au-dessus des touches de sa machine à écrire. La brave secrétaire fit comme si elle n'avait rien vu et le salua d'un clignement de paupières. *Mais qu'est-ce qui lui a pris de se faire une telle coupe de cheveux?* se dit-elle en considérant le brushing flambant neuf qu'arborait son patron.

Elle n'arriva pas à se souvenir du nom du chanteur de ce groupe anglais à la mode qu'elle avait vu à la télé samedi soir, mais Emmanuel semblait avoir demandé à son coiffeur de faire de lui un clone de cette star montante de la pop britannique. Pourquoi diable avait-il ainsi sacrifié sa sage coiffure à raie médiane qu'il arborait depuis le lycée ? C'était incompréhensible. Un garçon si raisonnable, si pondéré... C'était donc l'explication de ce retard inhabituel. Marilyne se sentait complètement déconcertée par ce qui se passait dans cette étude depuis trois jours. Perdue dans ses pensées, elle n'eut pas même le temps d'annoncer le visiteur que Maître Delpoux entraînait déjà celui-ci vers son bureau.

À peine la porte fermée, Emmanuel attaqua bille en tête, comme Dupretz s'y attendait. Pas le temps pour les mondanités. L'affaire d'abord.

– Alors ? Où en êtes-vous ?

Le détective observa avec étonnement l'évolution capillaire aussi inattendue que radicale de son client. Il en conclut que le notaire avait une aptitude insoupçonnée pour la fantaisie.

– Hum hum. C'est la mafia russe, cher Maître. Nadia Moreno était un agent double de la CIA. Elle enquêtait sur la piste d'une base secrète de missiles nucléaires implantée sur la commune de Lacapelle par les russes.

– Quoi ? s'exclama Emmanuel d'un air ahuri.

– Mais non, reprit le détective, je plaisante.

Maître Delpoux se recula dans son fauteuil avec l'air renfrogné d'un enfant vexé. Dupretz avait sans doute surestimé le sens de l'humour de son client. Il préféra enchaîner.

– Bon, soyons sérieux. L'enquête avance plutôt bien, soyez rassuré. D'après les informations que j'ai recueillies, je suis déjà sur une piste pour le commanditaire de Nadia Moreno. Mais vous comprendrez que je ne pourrai vous en faire part que lorsque mes conclusions seront absolument définitives.

– Ah... Vous n'avez pas trouvé sa véritable identité, alors.

– Pas encore. Mais ça ne me semble pas essentiel.

Emmanuel tiqua.

– Croyez-moi, l'important, c'est de savoir ce qu'elle faisait ici, à cette heure de la nuit. Dès que j'aurai retrouvé et confondu ses commanditaires, nous découvrirons où elle est, comment ils l'ont récupérée, et ce qu'ils ont fait d'elle. Et surtout, nous saurons ce qu'ils vous voulaient.

– Parce que vous êtes sûr qu'elle a agi sur ordre et non pas de son propre chef ?

– C'est évident ! Cette fille avait des commanditaires. Mais, hum hum je ne tarderai pas à les identifier, rassurez-vous.

Emmanuel n'était que très moyennement rassuré.

– Vous permettez ? demanda Dupretz en avisant une feuille blanche qui traînait sur le bureau de son client.

– Allez-y.

– Merci. Au fait, avez-vous parlé de cette histoire à votre épouse ?

– Je ne comprends pas votre question. Pourquoi me demandez-vous cela ?

– Hum hum. Comme tout bon professionnel, je me dois de vérifier toutes les pistes. Alors y a-t-il un détail dont elle vous aurait parlé, qui vous aurait semblé anodin et qui pourrait se révéler important pour mon enquête. Vous saisissez ?

– Non, pas très bien en fait, répondit dubitativement Emmanuel.

– Moreno avait le numéro de compte de votre femme, vous auriez pu lui demander si elle avait une explication à vous fournir.

– Euh, je ne l'ai pas fait, reconnut Emmanuel penaud, j'avais peur de l'inquiéter.

– Il faudra pourtant finir par vous y résoudre, non ?

Emmanuel essayait de cacher son étonnement. Tout en lui parlant et sans le quitter du regard, le détective avait transformé la feuille de brouillon en une nouvelle cocotte.

– Bon, allez, Monsieur Delpoux, dites-moi tout : comment va votre couple ?

– Et bien, Monsieur Dupretz, pour être franc, Cathy est une femme admirable, malheureusement une femme dont je ne m'occupe pas assez à cause de mon travail. Mais tout ça va changer !

Dupretz comprit au passage la raison de la nouvelle et inédite coupe de cheveux de son client.

– On ne sait jamais ce qui peut arriver dans un couple quand on s'éloigne l'un de l'autre, reprit le notaire. C'est arrivé à un de mes amis et ça s'est terminé par un drame. Je ne veux jamais qu'une chose pareille m'arrive !

– Evidemment, répliqua sobrement le détective avec un sentiment sincère de compassion pour son client. Cet ami en question, il est sur la photo du Rotary ?

– Oui, pourquoi ?

Dupretz s'approcha du cadre fixé au mur et observa les visages. Il y reconnut l'un des trois partenaires dénudés de Mademoiselle Paloux.

– Sur la photo, ce sont tous vos amis ?

– Tous, non. La plupart ne sont que de vagues connaissances.

– Et les trois à côtés de vous ?

– Ah, eux, oui, revendiqua fièrement le notaire. Ces trois là, Rigal, Crépin et Ginestet, sont de vrais amis.

– Lequel des trois vous a fait boire ce fameux soir ?

– Comment ça, qui m'a fait boire ? demanda Emmanuel choqué par les sous-entendus de cette question.

Dupretz souffla bruyamment en signe d'impatience et pointa un index autoritaire vers son client.

– Hum hum. Bon, Maître Delpoux, je n'ai pas l'intention de passer la matinée ici. Donc je vais vous demander d'arrêter une bonne fois pour toutes de me demander pourquoi je vous pose telle ou telle question, d'accord ? Chacune de mes questions, même celles qui vous semblent saugrenues sont destinées à me faire avancer dans mon enquête. Donc, vous me répondez, c'est tout ! Je répète : qui vous a fait boire, vous qui êtes sobre en temps normal ?

Le notaire était tellement estomaqué par l'assurance du détective qu'il ne put que s'exécuter.

– Rigal avait organisé une dégustation de whisky. J'en ai bu plus que de raison, Mais enfin, Crépin a tout fait pour me retenir, il voulait même me reconduire chez moi...

– Il n'avait peut-être pas envie que vous passiez à proximité de votre étude...

– Mais vous délirez Dupretz ! Vous soupçonnez tout le monde ! protesta Emmanuel.

Le détective exaspéré se mit à tapoter nerveusement de ses doigts sur le bureau du notaire.

– Maître Delpoux, comprenez bien qu'il y a dans vos relations un complice de Nadia Moreno. Admettez-le !

Emmanuel s'en voulut d'avoir manqué à ce point de clairvoyance. Dupretz avait décidément plusieurs coups d'avance.

– Ce type, c'est qui déjà ? feignit le détective en pointant le doigt sur le participant aux soirées légères de Mademoiselle Paloux.

– Lui, c'est Bernard Rigal. Mais il est au-dessus de tout soupçon. C'est un homme respectable. Il vient de se lancer en politique.

– En politique ? Effectivement, il ne peut être que respectable, ironisa Dupretz.

– Bernard, c'est un ami, un véritable ami, qui se remet d'un coup dur. Sa femme s'est suicidée. Il a trop souffert... C'est de lui dont je vous parlais tout à l'heure.

– Soit, je l'ai bien compris, vos amis sont irréprochables... Bon, passons à autre chose. Dites-moi : avez-vous des objets de valeur ?

– Ici ? Non, à part les bijoux de ma femme. Des documents de valeur, oui, mais nous en avons déjà discuté. D'ailleurs, à ce propos, je dois quand même vous demander...

Dupretz sentait arriver le sujet du pli Simerski-Florac. Il préféra couper court.

– Pas forcément ici... chez vous, avez vous des objets de valeurs ? De l'argenterie ? De l'or ? Des œuvres d'art ?

Emmanuel réfléchit un instant.

– De l'argenterie, pas plus que tout le monde. De l'or, ma femme a bien quelques bijoux, mais pas plus que... Et si, à bien y réfléchir, je lui ai acheté quand même quelques belles parures... Mais je ne vois rien qui puisse attiser la convoitise. Nous ne vivons pas dans le luxe. Tout au plus dans le confort.

– Et hum hum, des œuvres d'art ?

– Vous savez, moi, j'ai toujours préféré investir dans la pierre… Mais Cathy a bien quelques tirages de photos. Des originaux, grands formats. Pas des siennes. De photographes reconnus. Mais ça ne va pas chercher loin.

– Et des sculptures, des tableaux ?

– Non. Ah si, ma femme a bien deux ou trois tableaux que lui a donné son père. Je ne sais pas s'ils ont de la valeur. Vous savez, il est brocanteur, ce sont des vieilleries. Il y en a bien un auquel il tenait beaucoup, un tableau de sa vie d'avant. D'ailleurs, c'était son cadeau de mariage à sa fille.

– Sa vie d'avant ?

– Sa vie d'avant la guerre… Communiste allemand, réfugié en France. Mais c'est sentimental surtout, pour le tableau…

Dupretz acquiesça.

– Et vous avez de bonnes relations avec votre beau-père ?

– Euh…avec Raymond, mon beau-père ?

– Hum hum…Vous avez très bien entendu la question.

– Je… Les relations sont très… Comment dire… Très … Je crois que je suis plus proche de lui que je ne l'ai jamais été de mon père. Avant sa mort je veux dire… Ma mère, elle, n'a jamais eu la fibre maternelle. Elle vit sur la côte d'Azur, elle m'appelle parfois quand elle a besoin de quelque chose. Raymond, lui, je sais que je peux compter sur lui. D'ailleurs, je sais que je ne vous l'ai pas dit, mais…

– Mais ?

– Le soir de l'accident, je l'ai appelé. Il est venu me rejoindre…

Dupretz ouvrait des yeux éberlués !

– Mais bon Dieu, vous comptiez m'en parler quand ? éructa-t-il.

– Je… Je ne pensais pas que c'était si important parce que… quand il est arrivé, Nadia Moreno avait disparu.

– Contentez-vous de me dire les choses, c'est moi qui

penserai ! Il faut que je comprenne : il est arrivé quand ? Vous l'avez appelé d'où ? Il est arrivé vite ?

– Euh... Vous savez, je l'ai réveillé en pleine nuit et en l'attendant je me suis assoupi, je sais plus trop...

– Bon, il faut que j'en discute avec lui. Où est-ce qu'il habite, votre beau-père ?

– Vous voulez le voir ? Il faut que je le prévienne ?

Delpoux semblait inquiet.

– Non, surtout, ne le prévenez pas. Je ferai les présentations, c'est mieux. Son adresse ?

– Il habite un peu plus haut sur... Ma secrétaire vous montrera sur un plan.

Le détective se dirigea vers la porte et se ravisa. Il revint vers le bureau et déposa devant le notaire le pli qu'il lui avait subtilisé.

– Mais que... ? s'insurgea-t-il. Vous m'avez volé un document ?

Dupretz lui répondit calmement.

– « Volé » ? Quel vilain mot ! « Emprunté » suffira. J'en avais besoin dans le cadre de l'enquête. "A remettre à la presse", comprenez que ça m'ait interpellé, mais vous voyez, je vous le rends. Personne ne pourra affirmer que cette enveloppe a été ouverte.

– Vous réalisez quand même ce que cela représente de soustraire ce genre de document ? s'offusqua le notaire.

– Bon d'accord, tempéra Dupretz, personne n'a rien vu, tout cela reste entre nous.

– Mais enfin, c'est juste... tenta d'intervenir Emmanuel.

– Monsieur Delpoux, l'interrompit Dupretz, comprenez une fois pour toutes que nous sommes dans le même camp. Et la grande différence entre vous et moi, c'est que j'ai intégré l'idée que ce monde est peuplé de crapules. Cela me simplifiera la tâche pour vous en protéger. A très bientôt.

Alors que le détective quittait la pièce, Emmanuel resta derrière son bureau, sans répartie, mais entendit par l'entrebâillement de la porte que Dupretz n'avait même pas pris la peine de refermer, sa secrétaire parler avec dans la voix un sucre qu'il n'avait jamais perçu auparavant. Elle s'adressait à son détective en minaudant ! Dupretz lui révélait une réalité qui lui avait toujours échappée : Marilyne, en qui il n'avait jamais vu depuis son enfance qu'une employée, était également une femme.

La porte d'entrée de l'étude se referma. Emmanuel se sentit totalement empoté d'avoir entre les mains cette enveloppe qui n'aurait jamais dû quitter son coffre et devait y retourner sans délai. Mais qu'est-ce que Dupretz avait bien pu en tirer ? Il essaya de se remémorer cette Nadine Paloux et leva l'enveloppe devant la fenêtre, espérant deviner quelques secrets à travers le papier kraft... Le téléphone sonna.

– Un appel pour vous, Monsieur, fit Marilyne qui avait retrouvé un ton plus neutre, plus professionnel. C'est votre ami le brigadier-chef Lalanne.

– Ah ! Oui. Passez-le moi. Salut, Philippe. Comment ça va ? Tu as du nouveau pour la fille ?

– Euh, non, répondit le brigadier-chef Lalanne, c'est plutôt pour te poser une question.

– Je t'écoute, s'étonna le notaire.

– Réponds-moi franchement Manu, t'as mis aussi un détective sur le coup ?

– Eh bien ! Les nouvelles vont vite à Lacapelle ! soupira le notaire. Comment tu l'as appris ?

– Oh, tout naturellement, par le patron du « Progrès », tu sais quelle pipelette c'est. J'étais passé lui ramener un de ses disques de Serge Lama. Et il m'a parlé des affaires qui vont pas fort mais qu'il avait quand même deux clients à l'hôtel, dont un qui était arrivé la veille. Et fatalement, le nom m'a rappelé quelque chose...

– Tu connais Dupretz ?

– C'est surtout la maison poulaga qui le connaît. T'es au courant de son passé ?

– Non. Je devrais ?

– C'est que notre homme, enfin, ton homme, est un ancien du Quai des Orfèvres. Un doué, le genre qu'on respecte. Mais sache qu'il s'est quand même fait virer de la police à cause d'un présumé détournement de rançon.

– Ah, bon ?

– Bien sûr, rien n'a été prouvé. Dupretz est un malin, c'est un poisson qui sait nager en eaux troubles, tu piges ?

– Rassure-moi, il n'a pas été condamné ? commenta Emmanuel.

– C'est une façon de voir les choses. En tout cas il n'est pas allé en taule, répondit laconiquement Lalanne.

Le notaire sentit que son ami n'appréciait que modérément son initiative.

– Écoute, Philippe, j'ai pris ce gars parce que cette histoire me perturbe beaucoup. Peut-être que toi tu as l'habitude des fausses identités, des gens qui ne sont pas ce qu'ils prétendent être. Moi, j'avoue que tout ça me fait peur. C'est toi, aussi, qui m'a parlé de complices, de réseaux. Alors, j'ai préféré mettre une seconde chance de mon côté pour savoir si j'avais quelque chose à craindre. Mets-toi une minute à ma place.

Le brigadier-chef attendit quelques secondes pour répondre.

Finalement, il lança sa conclusion avec la solennité mêlée de fierté de ceux qui ont conscience d'avoir trouvé les mots qui font mouche.

– Disons, Manu, que Philippe le gendarme a du mal à accepter ton initiative mais que Philippe l'ami peut la comprendre.

Intérieurement, il se promit de suivre tout cela de plus près.

17

À peine avait-il entamé la désinfection de sa plaie que la sonnette de la porte d'entrée retentit. *Bon dieu, c'est pas possible,* fulmina le vieil homme, *pas aujourd'hui ! Pas maintenant !* Il envisagea de ne pas aller ouvrir mais il réalisa que si le visiteur allait s'enquérir de sa présence auprès de la Finette, cette vielle tordue ne manquerait pas de lui conseiller d'insister, assurant que le brocanteur était bien chez lui.

Raymond prit une veste et l'enfila avec une grimace de douleur. Elle cacherait sa blessure au moins le temps de se débarrasser de cet importun. Puis il descendit au garage et alla ouvrir la porte. Il n'avait jamais vu l'homme qui se tenait à l'entrée.

– Bonjour ! Que puis-je pour vous ? demanda Raymond d'une voix mal assurée. Si c'est pour le magasin de brocante, je vous préviens de suite, c'est fermé cet après-midi.

– Hum hum...Vous êtes bien Monsieur Robert ? dit Maurice Dupretz en remarquant immédiatement le teint livide et la mauvaise mine de son interlocuteur. Je viens de la part de votre gendre Maître Delpoux.

– Ah ! s'étonna Raymond, peu habitué à ce qu'Emmanuel lui envoie des clients. Oui, je suis bien Raymond Robert. Mais c'est à quel sujet ? Vous voulez me voir pour quoi exactement ?

– Je vous explique, je suis... Hum hum... détective. Votre gendre m'a confié la mission d'enquêter sur la fille qu'il a renversée l'autre nuit, vous voyez ce que je veux dire ?

Raymond vacilla sur ses jambes, pâlit et déglutit péniblement.

– Ah bon ! Mais Emmanuel a déjà fait part de cette affaire à la gendarmerie. Pour tout dire, je suis un peu surpris de cette initiative, Monsieur… Monsieur… ?

– Dupretz, Maurice Dupretz. Ce que vous dites est exact, Monsieur, mais en homme avisé, votre gendre a préféré mettre toutes les chances de son côté en ayant recours à mes services. Ceci dit, je présume que je peux compter sur votre totale collaboration, n'est-ce pas ?

– Restez-là, je reviens dans une minute ! dit Raymond en refermant la porte sans plus d'explications.

Il alla dans son bureau et appela immédiatement Emmanuel.

– Oh ! Désolé, Raymond, s'excusa le notaire, Dupretz s'est pointé chez toi avant même que j'aie eu le temps de te prévenir. Mais t'en fais pas, c'est bien moi qui l'ai engagé. Tu peux lui faire confiance.

– Tu lui as tout raconté pour l'autre soir ?

– Oui, bien sûr, je lui ai tout dit. Bon, désolé, mais je dois te laisser. À ce soir à la maison !

Putain, il manquait plus que ça ! pesta le vieil homme en repartant vers l'entrée de son local, *je suis pas assez dans le pétrin avec la fille, il faut en plus que je me coltine ce fouille-merde.*

Il ouvrit la porte. Dupretz n'avait pas bougé.

– Hum hum… Je peux rentrer à présent ?

– Mais bien entendu, le rassura Raymond, vous savez, mon gendre c'est comme mon fils, alors si c'est lui qui vous envoie…

Dupretz entra dans l'entrepôt du brocanteur et balaya du regard les dizaines de meubles qui y étaient stockés.

– Ça marche, ici, la brocante ? demanda-t-il en

considérant une vielle pendule comtoise assez imposante pour contenir un cadavre.

– Disons que ça m'occupe, répondit sobrement Raymond.

– Mais revenons à ce qui m'amène. Monsieur Delpoux m'a dit que vous l'aviez aidé la nuit de l'accident. Quand il vous a appelé ce soir-là, que vous a-t-il dit exactement ?

– Qu'il venait de tuer une femme.

La réponse était franche et directe, Dupretz savait apprécier ces choses-là.

– Que lui avez-vous répondu ?

– Que j'arrivais...

– Et qu'avez vous fait ?

– Je l'ai rejoint à son étude, c'est de là qu'il m'avait appelé. Je ne l'avais jamais vu, enfin entendu, dans un tel état.

– Hum hum... Je m'en doute...Vous permettez ? demanda Dupretz en avisant un prospectus posé sur une commode.

– Je vous en prie, fit Raymond intrigué.

Tout en pliant machinalement la feuille de papier, le détective reprit son interrogatoire.

– Hum hum... Bien ! Vous arrivez à l'étude et ensuite ?

– Et bien, comme Emmanuel a déjà dû vous le dire, nous sommes revenus au bosquet Malepuis et nous n'avons trouvé personne bien évidemment...

– Et vous qui étiez à jeun, vous n'avez rien remarqué de particulier ? Une voiture garée ? Une lumière allumée dans le voisinage ?

– Non, rien du tout.

– Mais vous, vous en pensez quoi de tout ça ?

– Vous savez, moi, j'étais convaincu qu'il avait renversé une bête, il y en a qui traînent ici dans les rues l'hiver. En plus, il avait entendu un chien aboyer. Mais quand on est arrivé, y'avait absolument rien. Simplement des débris de phare.

– Je les ai vus aussi. Mais pas moyen de trouver une trace dessus, de sang, de tissus. Je pense pourtant que votre gendre est capable de faire la différence entre un chien et une jeune femme, non ?

– Dans l'état où il était...

– Il a quand même récupéré le sac à main du chien, c'est pas commun vous en conviendrez ? rétorqua le détective en posant sa cocotte achevée sur le bureau.

Drôle de type ! se dit Raymond.

– Oui, bien sûr, je sais pour ce sac mais comment être sûr qu'il a un rapport avec cet accident ? En fait...

– Hum hum... En fait quoi ? demanda Dupretz, espérant un indice.

– En fait, et sans vouloir vous vexer, je ne comprends pas bien ni ce que vous cherchez ni pourquoi Emmanuel vous a engagé. Si cette fille existe, il ne l'a pas tuée, nous sommes bien d'accord ? Et même, dans ce cas-là, pourquoi ferait-il appel à vous ?

– C'est pourtant simple, Monsieur Robert, votre gendre s'inquiète de savoir qui est cette fille, qui avait un faux nom, qui avait rendez-vous avec lui, et qui a disparu comme une coupable...

– Sur ces points, vous comprendrez que je ne peux pas vous aider, tenta de conclure Raymond. Si vous n'avez plus de questions, Monsieur Dupretz...

- Hum hum... Si, encore une. Qu'est-ce que vous avez au bras ?

Raymond regarda sa manche droite sur laquelle une auréole de sang s'élargissait.

– Je me suis blessé ce matin en déplaçant une armoire. Rien de grave.

– Je n'avais pas conscience de la dangerosité de votre métier, ironisa Dupretz, ça m'a l'air sérieux tout de même. Voulez-vous que je vous conduise chez un médecin ?

– Non, inutile, je vais soigner ça tout seul.

– Bon, je vais vous laisser mais... Hum hum... Une toute dernière question, et là vous allez pouvoir m'aider. Voilà : qu'avez-vous offert à votre fille pour son mariage?

Merde ! Qu'est-ce qu'ils ont tous avec ce tableau ? Raymond se raidit et marqua un temps d'arrêt. Dupretz ne comprit pas bien pourquoi. Cette question aurait dû être anodine.

– Une peinture. Une vieillerie que j'avais déjà avant la guerre. Mais... pourquoi ? Quel rapport avec votre enquête ?

– A priori aucun, rassurez-vous. Je voulais juste vérifier toutes les infos que j'ai... Et vous estimez sa valeur à combien ?

– Je n'en ai aucune idée... C'est une valeur sentimentale surtout...

Les mêmes mots, la même formulation que dans la bouche d'Emmanuel. Dupretz ne put que le remarquer.

– Vous pouvez me donner le nom du peintre ?

– Beckmann.

– Il est connu ?

– Il ne l'était pas en tout cas quand j'ai acheté ce tableau, à l'époque...

- Bon, Monsieur Robert, je vais enfin vous laisser. Sachez que je suis à l'hôtel du Progrès. Vous pouvez m'y joindre si besoin.

Dupretz prit congé et repartit vers sa voiture. A hauteur de la Volvo du brocanteur, son regard fut attiré par un fil jaune accroché à la poignée du coffre. *Qu'est-ce que ça me rappelle ce truc ?* Il ouvrit la portière de sa 403, se retourna, perplexe. *Bon, ça me reviendra.* Il s'assit au volant et démarra.

18

Cathy était seule dans sa cuisine. Immobile, un couteau dans la main droite, une pomme de terre dans la main gauche, elle ressassait cet après-midi passé au chevet de Gérard, alité, geignard, aigri. Désagréable. La sonnette vint la tirer des pensées dans lesquelles elle se laissait aspirer. Elle marcha d'un pas lent vers l'entrée, toujours armée de son couteau et de sa patate. Quand elle ouvrit la porte, son père se figea :

– Quel accueil !

– Ah c'est toi, dit Cathy en posant le couteau et la pomme de terre sur la commode, je ne t'attendais pas si tôt.

– Je te dérange ?

Ce ne furent pas les trois mots qu'il choisit qui la heurtèrent, mais le ton qu'il employa, tout de froideur et de reproches à peine dissimulés.

– Non, non. Entre, je t'en prie.

Elle se pencha vers lui pour l'embrasser et par réflexe, elle posa ses deux mains sur ses bras, comme elle en avait pris l'habitude, enfant, pour le retenir et prolonger le bisou appuyé sur sa joue. Mais Raymond fit une grimace et elle relâcha son emprise instantanément.

– Ça va papa ? Je t'ai fait mal ?

– C'est rien ma chérie, je me suis blessé en déplaçant une armoire cet après-midi. Un bout de ferraille qui dépassait.

– Tu es sûr que ça va aller ?

– Bien sûr. Tu n'es pas encore prête de toucher l'héritage...

Cathy espéra que son père plaisantait. Il était si étrange, si sombre aujourd'hui.

– Allez, viens. Je t'offre un verre. Les garçons ne sont pas encore là, c'est Manu qui a récupéré Louis à l'école.

Raymond attendit que Cathy tourne le dos pour enlever à grand-peine son manteau. Elle servit deux verres de muscat et proposa de continuer la discussion dans la cuisine.

Elle reprit l'épluchage des pommes de terre, qu'elle avait négligé pour penser à son amant. Raymond s'assit dans un coin de la cuisine et l'observa sans prononcer un mot. Ce silence n'était pas dans ses habitudes.

– Ça va papa ?

– Oui, répondit-il sans conviction.

Elle leva sur lui des yeux interrogatifs. Il ne dit rien, n'exprima rien, soutenant son regard avec dureté. Elle se tourna pour attraper un plat.

– Et toi ma fille, comment vas-tu ?

Cathy fut surprise par le ton de la question. Aurait-il deviné quelque chose ? Elle répondit sans se retourner.

- Plutôt bien. Ça va... Mais pourquoi tu me demandes ça ? Qu'est-ce qu'il y a ? Tu es bizarre ce soir.

– Je voudrais voir le tableau.

– Quel tableau ?

– Le Beckmann. Je veux voir mon tableau, Cathy. Maintenant. Le tableau de Beckmann.

– Mais enfin, papa, quelle drôle d'idée !

– C'est peut-être une drôle d'idée, mais comme il est ici, j'ai envie de le voir. Tu ne vas quand même pas refuser ce petit plaisir à ton vieux père ?

La jeune femme sentit qu'il savait quelque chose. *Ce putain de détective lui a sûrement parlé !* fulmina-t-elle. *Comment ai-je pu être assez naïve pour lui faire confiance ?* Elle pensa à tout ce qu'elle allait devoir avouer, la vente, l'infidélité, le départ. Non, pas le départ. En pensant à la stratégie débile de son amant, aux risques qu'il leur avait fait prendre, à l'état déplorable dans lequel il s'était retrouvé, à ses lamentations pleurnichardes tout au long de l'après-midi, il lui apparut comme une évidence que finalement, elle n'avait pas envie de refaire sa vie avec cet homme. Peut-être le conserverait-elle comme amant, puisque c'était le seul domaine dans lequel il excellait. Et ça, elle n'avait pas à en parler avec son père. Restait à espérer que le détective n'ait pas tout raconté, ni à son père, ni à son mari.

Après quelques secondes de silence, elle posa son couteau, ses pommes de terre et lentement, très lentement, elle se retourna. Elle avait la même moue coupable que lorsque, adolescente, elle essayait de nier une escapade nocturne non autorisée. Elle n'avait jamais su bien mentir, à son père du moins.

– Je... Il... Il n'est pas ici.

– Mais qu'est-ce que tu en as fait ? demanda Raymond en haussant subitement le ton. Ne me dis pas que tu t'en es débarrassé...

– Papa, c'était bien ton cadeau de mariage ?

– Oui, mais il doit rester dans notre famille. Tu le sais.

– Certes, papa, continua Cathy, mais comme tu me l'as donné, je peux donc en faire ce que je veux. C'est le principe d'un cadeau, non ?

– Putain, où est-il ? Qu'est-ce que tu en as fait ? Raymond laissait sa fureur déborder.

– Papa, mais arrête ! Qu'est ce qui te prend d'un coup avec ce tableau ? Tu veux savoir où il est ? Je... Je l'ai simplement prêté à une amie galeriste pour quelque temps, j'ai le droit, non ? C'est quand même...

– Putain, mais qu'est-ce qui t'est passé par la tête ? Tu te rends compte de ce que tu as fait ? Des risques que tu as pris ? Je t'avais dit qu'il était précieux, de le garder.

Raymond hurlait, Cathy tremblait de colère. Son père l'engueulait comme une gamine et, au bord des larmes, elle ne parvint qu'à rétorquer :

– Je fais encore ce que je veux, que je sache !

– Tu fais peut-être ce que tu veux, mais ce n'est pas ce qui était convenu entre nous, rappelle-toi, précisa Raymond.

– Et alors, ça change quoi ?

– L'art peut changer beaucoup de choses ma fille, si on sait lire entre les lignes, ironisa Raymond. Tu n'en imagines pas les conséquences.

– Qu'est-ce que ça peut faire que des parisiens prout-prout le contemplent quelques minutes ?

– Tu ne sais même pas de quoi tu parles. Tu ne te rends pas compte de... Donne-moi le nom de ton amie, conclut Raymond d'une voix inquisitrice.

– Mon amie ? s'inquiéta Cathy.

– Oui, ta galeriste. Je vais l'appeler et récupérer le tableau.

Il prit d'un geste brusque un petit bloc note et un stylo qui traînaient près du téléphone et attendit la réponse.

– Je t'écoute.

Cathy paniquait, sentant le piège de ses explications approximatives se refermer sur elle. Quelques secondes interminables passèrent où elle ne put dire un mot tandis que son père ne levait pas la tête de ce maudit bloc note.

Le bruit de pneus sur le gravier détourna leur attention. Puis les portières claquèrent et bientôt résonnèrent dans la maison des pas impatients.

– Papi ! Papi ?

– Je suis là, Louis.

– Ah, t'es arrivé tôt, c'est chouette.

Emmanuel restait sur le pas de la porte de la cuisine, se délectant du spectacle de sa petite famille tout en desserrant avec soulagement le nœud de sa cravate. Cathy s'approcha de lui et lui déposa un long baiser sur la bouche.

– Mon petit notaire ! Enfin tu rentres !

Emmanuel ne s'attendait pas à une telle effusion de la part de son épouse et s'en trouva ravi. *J'ai peut-être bien fait de passer chez le coiffeur !* se dit-il en pensant à son brushing.

Louis s'était précipité vers son grand-père et lui avait sauté au cou, provoquant un cri de douleur du vieil homme.

– Papi, papi, je t'ai fait mal ? demanda le petit garçon, désolé.

– C'est pas ta faute, Loulou, fit Raymond en tentant de sourire, je me suis fait un peu mal à l'épaule ce matin en déplaçant un meuble. C'est trois fois rien, mais pour le moment, il faut juste éviter d'appuyer dessus. Bon, assez parlé de moi mon grand, comment ça va l'école ?

– Je suis deuxième de la classe après Sylvie Taillade, mais je te promets qu'au deuxième trimestre, c'est moi qui vais lui passer devant. Je l'ai déjà dit à papa et maman, pas vrai ? demanda Louis à sa mère.

– Absolument, mon Loulou, confirma Cathy, et si tu veux y arriver, va vite faire tes devoirs. Je t'appellerai pour manger.

- D'ac, mais, d'abord je montre à papi ma nouvelle maquette d'avion. C'est celui de " Pappy " Boyington.

– T'as un nouveau papi que je ne connais pas ? fit-il mine de s'inquiéter.

– Mais non, c'est à la télé, dans " Les têtes brûlées " !

– Ah bon, tu me rassures, dit Raymond avec une expiration de soulagement.

Louis haussa les épaules en rigolant et cavala vers sa chambre.

Raymond lui emboîta le pas et dit simplement à Emmanuel qu'il n'avait pas encore salué « Je reviens, il faut qu'on parle ».

Ce soir là, Cathy se découvrit une vocation de cordon bleu. Elle n'abandonna pas ses pommes de terre sur le feu pour rejoindre Louis comme elle l'aurait fait habituellement. Elle surveilla leur cuisson avec une attention presque maternelle, retournant les plus grillées, déplaçant d'un geste giratoire les dés qu'elle avait taillés dans les tubercules. Elle veillait à ce que chacun profite des zones les plus chaudes de la poêle, n'en laissant noircir aucun. Elle n'avait pourtant pas la tête à ce qu'elle était en train de faire. Elle passait mentalement en revue toutes les situations qu'elle risquait d'affronter pendant ce repas.

Quand Raymond redescendit de la chambre de Louis, il alla trouver Emmanuel au salon et réclama un verre de « n'importe quoi, ce que tu veux ».

– Verse-en un pour toi aussi et allons boire sur la terrasse.

– Sur la terrasse, par ce froid ?

– J'ai besoin d'une cigarette...

Emmanuel le suivit sans prendre le temps de saisir un verre, il sentait que la situation était grave : cela faisait plus de dix ans que le docteur Piquemal avait réussi à convaincre Raymond d'arrêter de fumer.

– Qu'est-ce qui t'a pris d'engager ce fouille-merde ? s'énerva Raymond la porte à peine refermée.

– Ça s'est mal passé ? Il t'a manqué de respect ? s'inquiéta Emmanuel.

– Non, mais je t'avoue, Manu, que je n'ai pas de sympathie particulière ni pour ton détective, ni pour sa profession. Par lui ou par un autre, j'ai un peu de mal à me faire interroger, ça doit me rappeler de vieilles histoires, si tu vois ce que je veux dire...

– Je comprends, je suis désolé. Mais surtout n'en parle pas devant Cathy, elle n'est au courant de rien.

– Pourquoi tu crois que je t'ai amené sur la terrasse pour en parler ?

– Euh... tu m'as dit que tu voulais une cigarette...

– Manu, mon pauvre Manu, tu es vraiment trop naïf parfois. Et ce détective, à quoi ça rime ?

– J'ai besoin de savoir, tu comprends. Et les gendarmes de Lacapelle... Comment dire ? ...ne sont pas vraiment à la hauteur.

– C'est pas une raison pour t'acoquiner avec ce gars.

– Tu as une autre solution pour retrouver la fille ?

– T'as pas besoin de la retrouver, crois-moi. Elle n'a jamais existé ta fille. Tu as renversé un chien et tu as trouvé un sac à main. Ça ne veut pas dire qu'il y a un lien entre les deux.

– Mais c'est pas un chien que j'ai percuté l'autre soir, j'en suis sûr.

– Moi, ce dont je suis sûr, c'est que tu avais pris une sacrée cuite et que tu n'aurais pas fait la différence entre un éléphant et une girafe, qu'ils soient roses, gris ou tachetés !

– Je... J'ai pensé que... balbutia Emmanuel pris au dépourvu.

– Ah, oui ! Que de bonnes raisons !

– J'étais inquiet, se reprit le notaire, piqué au vif par le ton acerbe de son beau père, et je suis toujours inquiet. Je sais ce que j'ai vu. Je l'ai vue cette fille. Et je ne suis toujours pas sûr que je ne l'aie pas tuée...

Raymond secoua la tête en signe de réprobation, avec une sévérité dans le regard qu'Emmanuel ne déchiffra pas...

– Et puis, je ne comprends pas qui c'est, conclut Emmanuel.

– Et qu'est-ce que tu lui as dit, à ce « hum hum » d'enquêteur ?

– Tout.

– Tout ?

– Oui, tout. Enfin... Le verre de trop... Les verres de trop.

La fille. Le sac à main. Qu'elle a disparu. Et les faux papiers de journaliste.

– Et combien ça va te coûter cette connerie ?

– Quinze mille francs.

– Bon sang, la prochaine fois, avant de dépenser bêtement ton argent, demande-moi mon avis. Tu as bien su me trouver l'autre soir, quand tu étais mûr comme un coing. T'as été plus malin.

Emmanuel n'en pouvait plus. Jamais il n'aurait imaginé pouvoir supporter si longtemps cette agressivité et ce mépris de la part de son beau père. Ni de quiconque d'ailleurs. Mais surtout, il n'aurait jamais cru y être un jour confronté. Heureusement, Louis ouvrit la porte, apparut, et, faisant sautiller les syllabes sur une mélodie de son invention, les appela :

– Papa, papi. Maman a dit que c'était prêt ! Et il disparut.

Raymond s'était instantanément calmé à la vue de son petit-fils. Son visage s'était détendu, ses poings n'étaient plus crispés. Emmanuel le remarqua et osa demander :

– Je ne comprends pas. Pourquoi ça te contrarie autant ?

– Quel besoin avais-tu que ce type vienne foutre son nez dans les histoires de la famille ?...

Il ne saisissait toujours pas, se demandant quelles pouvaient être ces histoires. Mais Raymond était déjà rentré. Sans avoir allumé de cigarette.

Ils passèrent à table. Cathy s'efforça de paraître détendue. Emmanuel avait sa tête des mauvais jours, fermé, silencieux. Elle n'osait pas affronter son regard, ne sachant ce qu'elle avait à craindre. Elle servit cérémonieusement ses pommes de terre, son gigot d'agneau, auxquels elle avait consacré un temps infini. Louis s'enthousiasma pour les patates, pour la viande, pour l'histoire de Toto que lui avait racontée ce garnement de

Francis Lévêque et qu'il brûlait de raconter à son tour. Mais le repas ne fut qu'une suite de longues minutes silencieuses et de regards furtifs des uns aux autres. Sa blague tomba à plat.

Un simple sourire passa sur le visage de Raymond.

– Elle était drôle pourtant, essaya-t-il de le consoler, mais je crois qu'on est trop fatigué tous les trois pour pouvoir l'apprécier.

– T'es fatigué papa ? C'était dur le boulot aujourd'hui ?

Emmanuel décida de faire un effort, ne serait-ce que pour son fils qui semblait de plus en plus s'inquiéter du silence pesant.

– Oh ! Pas spécialement fatiguant. Tiens ce matin... Figure-toi, Raymond, j'ai eu la visite de la veuve de ton copain Henri, je sais pas si elle fréquente à nouveau, mais elle était maquillée comme une adolescente pour sa première boum, à soixante piges. J'aurais voulu que tu voies le tableau...

– Justement, j'aurais bien aimé le voir, le tableau, dit Raymond, fixant sa fille d'un regard étrange qu'Emmanuel ne remarqua même pas, occupé qu'il était à découper la viande dans son assiette.

Le repas s'acheva de manière un peu moins sinistre, tous mettant de la bonne volonté à parler de banalités pour faire comme d'habitude.

Raymond annonça son départ dès la dernière bouchée de dessert avalée.

– Excusez-moi, les enfants, je dois couver quelque chose, je me sens vraiment pas bien. J'y vais. Tu me raccompagnes Cathy ?

Sa fille savait ce que cette invitation cachait et elle n'avait aucune envie de reprendre la discussion d'avant le repas.

– « On » te raccompagne, papa, répondit-elle en prenant Emmanuel par le bras et en posant sa tête sur son épaule.

Sur le seuil de la porte, en embrassant sa fille, Raymond lui glissa discrètement à l'oreille.

– On en reparlera.

– Bonne nuit, papa ! Rentre bien et ne prends pas froid ! se contenta-t-elle de répondre.

Emmanuel et Cathy regardèrent les phares de la Volvo break s'éloigner dans la nuit puis échangèrent des regards pleins de sous-entendus sur le caractère particulièrement ombrageux de Raymond ce soir-là. Mais aucun d'eux ne prit le risque d'en parler. Chacun pensant en être le seul et unique responsable.

– Allons coucher Louis.

19

Assis à une table au fond de la salle de restaurant, Maurice Dupretz se délectait des photos dérobées à son client, cachées entre les pages de La Dépêche. Il ancrait dans son esprit les visages et les noms des protagonistes de cette soirée « jambes en l'air » : Paul Thiercelin, Jean-Marc Thiercelin et Bernard Rigal, écrits au verso de chaque cliché. Il s'amusait d'être tombé sur ce chapitre de l'histoire locale.

À l'heure de l'apéro, les clients arrivèrent peu à peu et l'ambiance s'égaya. Il rangea les photos dans la poche de sa veste, se leva et alla s'accouder au bar. A côté de lui, Monsieur Granier sirotait son Ricard avec application. Le patron interpella le détective.

– Alors, on trinque avec nous l'Aveyronnais ?

– Juste une bière, hum hum, je suis sevré, moi, dit-il en désignant du regard son voisin de comptoir qui tétait sa boisson anisée tel un nourrisson.

La solidarité de la famille poivrot en fut instantanément réveillée.

– Ne pensez pas que tous les gens qui entrent ici sont des ivrognes. Non, je l'affirme haut et fort, ils défendent le commerce local !

Maurice Dupretz sourit. Il observait pensivement les entrechoquements des deux glaçons à la surface de l'apéritif que sirotait l'autochtone. Considérant le dosage de la liqueur, il eut une pensée reconnaissante pour ces deux cubes de glace et pour le minuscule pichet d'eau posé sur le zinc. *S'il en boit plus de deux comme ça,* se dit-il, *il part se coucher tout de suite !*

– Il fait sacrément soif, n'est-ce pas Monsieur Granier ?

– Argheureuleurelereu, marmonna le suceur d'anisette sans relever la tête.

Les clients continuaient à affluer et le bar devenait insupportablement bruyant pour les oreilles de Maurice Dupretz.

– Patron ! Hum hum, c'est possible de manger un bout ? Dans un recoin tranquille.

– Monsieur est incommodé par le bruit de la foule ? Un tympan hypersensible peut-être ?

– Non, juste la digestion délicate... C'est quoi le menu ce soir ?

– D'abord c'est un peu tôt pour commencer à se goinfrer et ensuite je vous ai concocté un lapin aux olives avec des pommes de terres rissolées dont vous me direz des nouvelles. Vous n'avez qu'à vous asseoir là-bas derrière le pilier, là où vous lisiez le journal. Je m'occupe de vous dans un petit moment, ça vous va ?

– Hum hum, ça ira.

– Allez, s'enthousiasma d'un coup le maître des lieux. Je vous présente Maurice, un futur voisin, puisqu'il est à Lacapelle pour trouver une maison dans le coin. Allez Maurice, y'a Georges qui paye la tournée générale, il vient de s'en mettre plein les poches au tiercé.

– Oh pas tant que ça... précisa le gagnant qui finalement voulait jouer les modestes.

– Tu parles ! T'as même pas voulu nous dire combien...

– Trois francs six sous !

– Ah, désolé les gars, on arrête tout ! La maison ne fait pas crédit, asséna le patron d'un ton sévère en faisant mine de retirer les verres du comptoir.

– Bon, bon, alors je vendrai ma voiture pour te payer, promit Georges.

Tout le monde partit d'un éclat de rire et le Ricard coula à flots.

Maurice Dupretz avait tiqué quand il avait entendu le patron l'appeler par son prénom. Et puis il avait espéré passer le repas au calme, à réfléchir à son enquête. Mais l'alcool déliant les langues, il se dit qu'il pourrait en tirer parti. Aussi serra-t-il toutes ces mains qu'on lui tendait avec bonhomie, en notant dans un coin de son cerveau les visages et les prénoms qui s'y rattachaient.

Quelques verres plus tard, chacun avait parlé avec conviction de tout et de rien. Le dénommé Paul Angélas, horticulteur de son état, posa une question au nouveau venu.

– Alors, cette maison, vous trouvez ?

– Hum...Hum. Oui, oui, j'ai quelques contacts intéressants. C'est tout pour le moment. Le notaire n'a pas l'air très réactif.

– Maître Delpoux ? C'est un brave type, mais... Bon, il connaît son boulot, ça je dis pas, mais de là à être... comment vous avez dit déjà ? ... réactif... Alors... Mais vous voulez dire quoi, exactement, par réactif ?

– Qu'il réagisse vite, hum hum, qu'il ait des choses à me proposer, qu'il me trouve la maison idéale quoi.

– Ah, vous voulez dire efficace.

– C'est ça, efficace. Pour le moment, il ne m'a pas trouvé la perle rare. Une ou deux touches avec des... comment vous dites, les habitants de Lacapelle ?

– Des Marivalois.

– Ah ? laissa longuement résonner Dupretz avec une mine dubitative.

– Ben, Lacapelle Marival, Marivalois.

– Hum hum, ah oui, suis-je bête, dit Dupretz. Et bien, il ne m'a pas trouvé beaucoup de Marivalois qui vendent.

– Ben, à part quand quelqu'un meurt... ou divorce. Mais ça se voit pas trop dans le coin.

– Par contre il m'a parlé d'un menuisier qu'il faut que je contacte. Comment s'appelle t-il déjà ? Rivals ?

– Non, Rigal, son nom c'est Bernard Rigal.

– Ah, oui, hum hum, c'est ça ! répondit Dupretz, feignant d'avoir oublié son nom. Je me disais qu'un menuisier pourrait m'aider dans mes recherches... Toujours sur les chantiers, il doit avoir des tuyaux, vous ne pensez pas ?

– Non, pour ça c'est un plombier qu'il vous faut !

– Hum hum, comment ?

– Non laissez tomber, je blague. Dans l'absolu, vous avez parfaitement raison, répondit le dénommé Angélas en approchant une coupelle de cacahuètes salées. Faudra juste qu'il lui reste un peu de temps quand il sera à la CCI.

Dupretz sourit. Ces Marivalois étaient de vrais jukebox à renseignements. Il suffisait d'introduire une petite pièce sous forme d'une question naïve et c'était parti.

– Comment ça, la CCI ? Je ne comprends pas, demanda Dupretz avec une certaine gourmandise.

– Mais si, rappelez vous, Monsieur...

– Hum hum, Dupretz.

– Oui, Monsieur Dupretz. Paul Angélas soupira tout en ingurgitant son verre de pastis cul sec... toute la presse en parle, comme de Florac.

– Hum hum, ah bon ?

– Ah là là ! Sauf votre respect, Monsieur Dupretz, on voit bien que vous n'êtes pas du coin, parce qu'ici, quand on parle de Florac, Rigal n'est jamais bien loin.

– Ah bon ? On m'a dit que Rigal était juste un sous-traitant de Florac, non ? Son menuisier...

– Mais c'est bien plus, répondit Paul Angélas avec l'assurance tranquille de ceux qui savent tout. Rigal, c'est son ami et surtout son bras droit. Ils se connaissent depuis l'école, c'est dire...

– Hum hum... Il fait quoi à la chambre de commerce ? lâcha Dupretz sur un ton quelque peu énigmatique.

– Ben... Je sais que les gens du coin, enfin les patrons, ils passent par lui. Hé, Edouard, il fait quoi Rigal à la chambre de commerce ?

S'approcha un grand type à l'allure sévère, à la démarche rigide, au costume trois pièces impeccable bien que passé de mode. Dupretz l'avait remarqué. Pas aussi avenant que les autres, la poignée de main un peu fuyante, il l'avait pensé originaire d'une grande ville bourgeoise. Mais son accent, aussi rural que son ton était pédant, finit par faire douter le détective de toutes ses conclusions sur ce Marivalois hors norme.

– Angélas, tu m'as appelé ?

– Oui. Avec Maurice, on se demandait ce que faisait Rigal, à la chambre de commerce.

– Vous vous intéressez à Rigal, Monsieur... Monsieur ? Je n'ai pas retenu votre nom.

– Dupretz. Maurice Dupretz. Hum hum, et bien, Monsieur... Monsieur ?

Un sourire creusa un peu plus les rides de ses joues.

– Courcel. Excusez-moi, j'ai oublié de me présenter.

– Et bien, Monsieur Courcel, hum hum, la discussion en est venue à ce Monsieur Rigal et la question de son rôle à la chambre de commerce s'est posée.

– Donc, pour être précis, au jour d'aujourd'hui, ce Monsieur Rigal ne fait rien à la chambre de commerce stricto sensu, puisqu'il ne l'a pas encore intégrée. Mais il prend part activement, et en y consacrant beaucoup de son temps, à la campagne actuelle pour l'élection du nouveau président. Ce qui mène au raccourci un peu simpliste que Rigal travaille à la chambre du commerce du Lot, conclut-il avec un œil réprobateur pour Angélas qui pour toute réponse haussa les épaules.

– Hum hum. Et pour quel candidat fait-il campagne ?

– Florac… qui devrait l'emporter sans difficulté puisque l'ancien président ne se représente pas.

Dupretz hocha la tête.

– Vous le connaissez ? s'enquit Courcel.

– Non, non.

– Ah ? A l'expression sur votre visage, j'aurais pourtant juré du contraire.

- Non, non. Hum hum, j'ai peut-être déjà entendu prononcer son nom, se justifia Dupretz en essayant de mieux cacher son mécontentement d'avoir été si peu discret.

– Oh ! Excusez-moi d'avoir préjugé. Et bien, si vous n'avez pas d'autres questions, je vais aller… réhydrater mon gosier…

Il termina sa phrase par un sourire amusé qui prouvait qu'il n'était pas dupe de l'emphase de son langage et du personnage qu'il jouait.

Maurice Dupretz quitta rapidement le bar pour déguster son lapin aux olives dans le calme.

Tout s'enchaîne lumineusement, se dit le détective avec satisfaction, *Rigal est à la solde de Florac qui lui demande de retenir Delpoux au restaurant l'autre soir en le faisant picoler plus que de raison pour que Nadia Moreno, en possession du code du coffre, puisse tranquillement voler le pli qui met en cause son commanditaire. Et comment a-t-elle le code ? Elémentaire, mon cher Watson ! Un petit chantage de la maison Florac qui a découvert la liaison de Cathy Delpoux avec son Rodin de Prisunic. En fait, c'est pas bien compliqué tout ça… Je dirais même que vu le tarif négocié pour l'enquête, mon bon Maurice, tu es en train de te faire un bon paquet d'oseille sur le dos du notaire. Mais bon, après tout, c'est un cocu des plus solvables. La morale est sauve. Et cette photo pour le moins compromettante est peut-être le moyen de faire causer Rigal, pour en savoir plus sur Florac et peut-être sur la fameuse Nadia Moreno. Mais d'abord, une petite visite chez Nadine Paloux s'impose.*

20

Au petit matin, Dupretz prit son petit déjeuner en feuilletant l'annuaire du Lot et le plan de Lacapelle que lui avait prêté son hôte. Il partit d'un pas déterminé et s'arrêta devant le domicile de Nadine Paloux, une petite maison coquette entourée d'un jardinet fleuri.

Il sonna mais attendit en vain une réaction. Alors il ouvrit le portail de métal qui grinça horriblement sur ses gonds. *Si elle dormait, elle dort plus.* En quelques pas, il atteignit la porte d'entrée et frappa énergiquement. Comme par magie, ce fut la porte de la maison d'à côté qui s'ouvrit. Un vieux bonhomme ne sortit que sa tête du chambranle et lui cria de sa voix fatiguée :

– Elle est pas là, elle promène son chien. Puis il rentra.

Maurice Dupretz ressortit du jardin, referma le portail et attendit de l'autre côté de la rue, au soleil blafard de janvier, imaginant la voir revenir avec au bout de sa laisse un caniche pomponné comme une fille de joie. Quelques minutes plus tard, la tête ressortit, fit quelques mouvements de rotation et l'aperçut.

– Elle va pas tarder, lui cria le vieux bonhomme. Vous voulez attendre à l'intérieur ?

Dupretz traversa la rue d'un pas leste qui fit sans doute envie au voisin qui s'était avancé avec difficulté d'une cinquantaine de centimètres pour l'accueillir sur son perron.

– Bonjour, dit-il en tendant une main tremblante. Je suis le voisin de Nadine.

– Hum hum, je m'en doutais, rajouta Maurice Dupretz.

Ils échangèrent un sourire de connivence qui les mit aussitôt en confiance. Ils allaient entrer lorsque le petit vieux annonça d'une voix triomphante :

– La voilà, elle arrive !

La jeune femme venait de tourner à l'angle de la rue et avançait lentement, au rythme du pas laborieux de son vieux Cocker, s'arrêtant tous les mètres pour le laisser souffler, renifler un caillou ou une herbe et reprendre une grande inspiration pour le mètre suivant. Elle sourit en croisant le regard du vieillard et salua Maurice Dupretz de la tête. Elle était charmante.

Elle s'approcha, tendit une baguette de pain à son voisin qui la remercia et lui expliqua :

– J'allais faire entrer ton ami pour qu'il ne prenne pas froid en t'attendant.

Elle perdit instantanément son sourire, et par ricochet le petit vieux aussi.

– Rentre Simon.

Simon, comprenant son erreur, balbutia quelques syllabes désordonnées avec lesquelles il espérait proposer un aide secourable à sa voisine, mais elle lui répéta :

– Rentre Simon, ça va aller.

Elle prit son chien sous le bras et fit signe à Dupretz de la suivre.

– Ferme la porte Simon, tout va bien. Qui êtes-vous ? demanda-t-elle à l'inconnu.

Il extirpa de son veston une photocopie de son ancienne carte d'inspecteur. De temps en temps, le détective avait recours à cette pratique particulièrement illégale mais qui facilitait l'ouverture des portes. Il montra dans un geste fugitif sa pseudo carte et d'autorité entra dans le salon de la jeune femme. D'un regard circulaire, il balaya la pièce, remarquant que son équipement et sa décoration attestaient d'un niveau de revenu peu compatible avec l'apparente inactivité professionnelle de la maîtresse des lieux. Il avait bien une petite idée de la façon dont cet intérieur douillet avait été financé, mais cela demandait confirmation.

Nadine referma la porte.

– Je m'appelle Maurice Dupretz.

En voyant sa mine si peu rassurée, il ressortit sa carte de police.

– Et vous me voulez quoi ?

– Hum hum, Francis Rigal, ça vous parle ?

– Je pensais que ce monsieur avait compris que c'était fini, tout ça, répondit-elle avec un air crâne qui masquait mal son angoisse.

– Je ne viens pas pour ça... J'ai quelques questions à vous poser.

– Et pourquoi je vous répondrais, parce que vous êtes de la police ?

– Non, mais j'ai gardé quelques amis à la brigade des mœurs qui seraient sûrement intéressés par des photos qui vous montrent vous, Rigal et d'autres messieurs, ensemble, très... proches.

– Alors, vous voulez quoi ?

– Hum hum, des réponses, simplement des réponses.

– À quelles questions ?

– Ces photos, c'est pourquoi ?

– Je ne comprends pas.

– « À remettre à la presse »... Hum hum, il vous a menacée ?

– Non, lui pas plus qu'un autre...

– Un autre ? Lequel ?

– ...

– Hum hum, sur les photos qui étaient les autres hommes ?

– Je ne comprends pas.

– Ces photos, pourquoi les avez-vous déposées chez

Maître Delpoux ?

– Mais comment vous savez ça ?

– C'est moi qui pose les questions. Hum hum, à défaut de réponses satisfaisantes, les interrogatoires pourraient avoir lieu dans les locaux de la mondaine.

La fermeté de son ton et la rudesse de son regard ne laissaient pas place à la moindre mise en doute de ce qu'il avait énoncé.

– Ces photos, c'est pour me protéger.

– Hum hum, vous vous sentiez en danger ?

– Non.

– Alors vous les avez fait chanter ?

Elle ne répondit rien, mais baissa les yeux en signe d'aveu.

– De toute façon, aucun d'eux n'a intérêt à m'emmerder, reprit-elle avec un regain de combativité, j'ai assuré mes arrières, moi, je suis pas folle. Ils savent que je les tiens. S'il m'arrive quoi que ce soit, une enveloppe parviendra à la Police et à la presse et ils seront fichus.

– Hum hum, ils vous ont payé ?

– Oui, souffla-t-elle entre deux soupirs.

– Vous gagnez votre vie comment ?

– Je n'ai plus besoin de la gagner, j'ai assez payé de ma personne.

– C'est ça que vous vouliez dire, tout à l'heure, par « c'est fini ces choses là » ?

– Oui.

– Vous m'avez pris pour un client ?

– Oui.

– C'est Rigal qui vous les envoyait ?

– Non, ce n'était qu'un client parmi d'autres.

– Sur les photos, qui sont les autres hommes.

– Paul et Jean-Marc Thiercelin.

– Ils sont frères ?

– Père et fils.

Dupretz secoua la tête, avec un mélange d'incompréhension et de dégoût.

– Pourquoi vous avez fait ça ?

– Au début, c'était un jeu avec mon amant. Un jeu de mon amant. Il aimait me voir avec d'autres hommes. Et puis, un jour, j'en ai eu marre. Ça me prenait la tête, vous comprenez ? Soit je trouvais une solution pour arrêter, soit je me... flinguais. J'ai préféré m'attaquer à eux qu'à moi.

– Je voulais dire, pourquoi vous avez fait ces photos ?

– Je vous l'ai dit, pour que ça s'arrête.

Dupretz était de plus en plus mal à l'aise.

– Hum hum, bon, dit-il, je pense que j'en sais assez. Ah si, quand même, deux choses encore : parmi vos clients, il n'y avait pas un certain Florac ?

– Lui, non, jamais. Je le connais, je l'avais rencontré.

– Vous l'aviez rencontré quand ?

– Avec mon amant.

– Et ?

– Et rien.

– C'était qui ?

Elle le regarda droit dans les yeux, déterminée à ne rien dire.

– Pourquoi vous ne voulez pas me le dire ? Il vous a laissée tomber, non ?

– Ce n'est pas pour lui que je me tais. Je l'aimais voyez vous, alors c'est pour moi que je ne le dirai pas, pour ne pas trahir l'homme que j'aimais.

– Et Simerski, ça vous dit quelque chose ?

– Non, rien.

Il avait observé chaque muscle de son visage. Pas un n'avait bougé, tressauté à l'évocation de ce nom. Il avait la conviction qu'elle disait la vérité.

– Et enfin, qui a pris les photos ?

– Une amie.

– Nadia Moreno peut-être ?
– Qui ?
– Hum hum, Nadia Moreno ? Vous la connaissez, n'est-ce pas ?
– Non. Bon, ça suffit.

Maurice Dupretz comprit qu'elle ne répondrait plus à aucune question.

– Au revoir Mademoiselle. Et merci quand même.

Il claqua la porte derrière lui sans un regard.

21

Quand le réveil sonna, Cathy fut étonnée d'avoir si bien dormi. La veille au soir, elle s'était préparée à une nuit agitée en se glissant dans son lit, dans leur lit. Elle avait d'abord craint que son mari, échauffé par l'alcool qu'il avait bu avec son père ne s'approche d'elle et pose sa main sur son sein gauche, geste rituel qui sonnait l'heure du devoir conjugal. Mais elle avait rapidement entendu la respiration d'Emmanuel prendre le rythme de croisière d'un ronflement apaisé, ni trop sonore, ni trop discret, ce côté désespérément raisonnable qu'elle ne pouvait plus supporter chez son époux. Puis elle repensa à son père et à son attitude incompréhensible durant la soirée.

Elle s'était sentie prise en défaut comme une gamine et coupable d'une faute qu'elle n'avait même pas imaginée. Cathy ne parvenait pas à comprendre ce qui avait pu mettre son père dans un tel état. Bien évidemment elle pouvait admettre qu'il soit fâché qu'elle ait « prêté », pour ne pas dire vendu, son cadeau de mariage, mais cela ne justifiait pas une telle colère. Et toutes ces phrases pleines de sous-entendus... Il n'était pas possible qu'il ait flairé quelque chose concernant ses projets de départ. Personne à part Gérard et elle n'était au courant. Pas de trace, pas de lettre. Gérard... Depuis son hospitalisation à la suite de sa pitoyable tentative de contre-chantage, le sculpteur aux mains magiques était tombé de son piédestal. En le voyant avec son visage tuméfié geindre et implorer sa pitié, elle l'avait trouvé minable. Cathy ne l'avait appelé qu'une seule fois pour prendre des nouvelles. La conversation n'avait gravité qu'autour de ses ecchymoses, ses douleurs et sa fracture du nez. Gérard n'avait pas exprimé le moindre regret pour son initiative calamiteuse. Dès lors, Cathy ne l'avait plus perçu comme l'homme idéal de sa nouvelle vie. Et puis elle avait bien fini par admettre que la femme adultère qu'elle était ne pourrait jamais prétendre obtenir la garde de Louis. Elle réfléchit longuement sans se laisser distraire par le rythme obsédant des ronflements de son époux. Elle en arriva à une somme de décisions qu'elle qualifia d'« irrévocables », comme si elle scellait à cet instant un pacte avec elle-même. Elle ferait carrière, ou du moins prendrait-elle le risque de la rater. Elle ne se contenterait plus d'être une épouse oisive. Ensuite, elle redonnerait une nouvelle chance à Emmanuel, quitte pour cela à le changer du tout au tout. Enfin, elle appellerait l'acheteur du tableau et elle le récupèrerait. Ce dernier point décidé, elle sombra dans un sommeil réparateur. Quelques heures plus tard, elle se leva avec entrain. Une grosse journée s'annonçait.

Elle quitta la chambre pour aller réveiller Louis et tendit l'oreille en passant devant la porte de la salle de bain. Elle entendit le jet d'eau tonique de la douche qui éclaboussait la peau de son mari.

À la vue attendrissante de Louis émergeant avec peine de son sommeil d'enfant, elle se dit que les décisions de la nuit étaient les bonnes et elle finit de réveiller son fils par une série de petits baisers sur le front. Le sourire du gamin ouvrant enfin les yeux illumina ce début de matinée. Ils descendirent ensemble à la cuisine. Louis fut ravi que sa mère lui propose de faire des crêpes pendant qu'il s'habillerait. Ainsi, ils pourraient déjeuner tous les trois ensemble.

Quand Emmanuel entra dans la cuisine, ses narines étaient titillées depuis la chambre par une odeur charmante, inhabituelle de bon matin. Louis l'accueillit d'un enthousiaste :

– Papa, papa, maman a fait des crêpes !

La cuisinière vint l'embrasser puis fit un pas en arrière tout en l'observant en détail.

– Manu, vraiment, cette cravate, ça ne va pas du tout. Tu devrais en changer.

Ça, c'est l'effet de ma nouvelle coupe de cheveux, se dit-il en serrant dans ses bras son épouse qui depuis fort longtemps ne manifestait plus le moindre intérêt pour sa tenue vestimentaire.

– Est-ce que je peux prendre le temps de me régaler avant de la changer ?

Après un petit-déjeuner gargantuesque tartiné de fraises, d'abricots et de framboises, Emmanuel s'empressa de remonter dans la chambre, d'autant que Cathy avait déposé du bout de ses lèvres luisantes de confitures un baiser coloré sur la cravate de son mari. Les deux garçons avaient beaucoup ri de ce geste exubérant, sans se douter qu'elle voulait ainsi s'assurer qu'Emmanuel entame dès aujourd'hui son remodelage. L'époux redescendit avec trois cravates alignées sur son avant-bras et proposa à son épouse de choisir celle qu'il passerait à son cou. Il était heureux de son implication et il lui dit au revoir d'un baiser plus appuyé qu'à l'accoutumée. Louis sauta sur le siège arrière de la voiture et ils partirent pour l'école avec une bonne humeur perceptible à travers les vitres de la Renault. Enfin seule, Cathy monta se doucher et prit longuement le temps de se préparer, de se faire belle, pour elle, pas pour un homme qui lui montrerait qu'il appréciait ses efforts de toilette en s'empressant de la déshabiller. Elle eut une pensée furtive pour Gérard : il faudrait lui annoncer sans tarder sa décision d'arrêter leur relation, mais ce n'était pas la priorité du jour. Il était encore trop tôt pour téléphoner à l'acheteur du tableau, aussi descendit-elle dans son atelier. Elle réalisa qu'elle n'y avait plus mis les pieds depuis une éternité, excepté pour décrocher le Beckmann du mur. Elle ouvrit en grand les volets, couverts de toiles d'araignées. La lumière envahit l'ancienne chambre noire où elle développait jadis ses photos. Elle redécouvrit la pièce, ses proportions, repéra d'un premier coup d'œil des clichés qu'elle avait oubliés. Elle entreprit de classer tout ça, de remettre son domaine en ordre de marche. Quand dix heures sonnèrent, elle ouvrit le premier tiroir du bureau, souleva le livre des records 1977, attrapa le dossier rouge où semblaient s'entremêler des dizaines de pages arrachées dans des revues et, d'un geste précis, en extirpa la carte de Monsieur Maxime Saint Hilaire - Marchand d'Art - 17 avenue Poincaré - Paris - Téléphone 40 20 01 52.

Elle remonta au salon, saisit le combiné du téléphone, prit une grande inspiration, composa le numéro sur le clavier avec une certaine nervosité et raccrocha précipitamment. *Réfléchis, réfléchis d'abord ! Tu vas lui dire quoi, à Saint-Hilaire ?*

Il fallait qu'elle retrouve suffisamment de sang-froid avant d'appeler le galeriste parisien à qui elle avait vendu le tableau de Beckmann. Elle se fit réchauffer une tasse de café et alluma une cigarette. Elle en expira longuement la première bouffée, les yeux fermés, comme si elle espérait que toute son angoisse s'envole avec la fumée.

Pourvu qu'il ne l'ait pas déjà vendu. Cette hypothèse la fit tressaillir.

Elle reprit le téléphone avec plus d'assurance et cette fois composa sans hésitation le numéro du marchand d'art. Sa secrétaire décrocha et lui demanda de patienter, le temps que le maître des lieux achève une conversation avec un client de passage.

Tout en attendant, Cathy se rappela la vente du tableau, un mois et demi plus tôt. Toute à ses projets d'avenir avec son sculpteur, elle avait demandé les coordonnées d'un galeriste parisien arrangeant, discret et surtout solvable à son ami Jérôme, le peintre cadurcien chez qui elle avait rencontré Gérard. Jérôme lui avait recommandé la galerie Saint-Hilaire et l'affaire s'était conclue rapidement. Malgré l'indifférence de façade qu'en habile commerçant il avait affichée lors du premier contact, Cathy avait senti que cette œuvre de jeunesse de Beckmann l'intéressait vivement.

La négociation sur le prix avait été elle aussi rapide. Elle voulait deux cent mille, il avait proposé cent mille et ils avaient trouvé naturellement leur compromis au milieu du gué...

– Mais dans ce cas vous me l'apportez. Je veux le voir d'abord ! avait précisé Saint-Hilaire.

Même si cette condition ne lui rendait pas la tâche facile, Cathy avait accepté et, prétextant la visite à une amie d'enfance dont elle venait de retrouver la trace à Paris, elle avait justifié auprès d'Emmanuel un aller-retour à la capitale. Le brave notaire, aveuglément confiant en son épouse, n'avait même pas demandé plus de détails. Elle était donc montée avec le tableau négligemment emballé dans une grande enveloppe récupérée à l'étude... et revenue avec un chèque de cent cinquante mille francs. En rencontrant Saint-Hilaire, le temps de la transaction, elle avait même pensé qu'elle aurait dû demander plus, tant le galeriste semblait satisfait de son acquisition. *Je suis sûre qu'il en tirera le double ou le triple de ce qu'il m'en a donné !* s'était dit Cathy. Mais à l'époque, ses projets avec Gérard passaient avant tout et elle s'était estimée heureuse d'avoir déjà obtenu autant d'argent de ce tableau qui dormait depuis si longtemps dans son atelier. Aujourd'hui, la situation était toute autre.

– Allô ! fit une voix agacée.

– Euh... bonjour Monsieur Saint-Hilaire, je suis Cathy Dumont. Vous vous rappelez ? Le tableau de Beckmann... il y a deux mois.

Le galeriste raccrocha. Cathy rappela aussitôt, mais elle attendit plusieurs sonneries avant que son interlocuteur ne décroche.

– Ah... Madame Dumont, et que me voulez-vous ? demanda-t-il avec une voix inquiète que Cathy ne put s'expliquer.

Elle respira un bon coup et se lança :

– Bon, Monsieur, vous allez me trouver inconstante ou capricieuse, mais... mais je voudrais vous racheter le Beckmann. Voilà.

– Euh... C'est inhabituel comme demande, en effet. Mais comment vous dire... je pense à vous tous les jours, Madame Dumont... tous les jours... bredouilla Saint-Hilaire.

– Je... c'est-à-dire que... je crois que j'ai commis une erreur en vous le vendant et...

– Sans doute. Sans doute. Mais, moi, je suis certain d'avoir commis une erreur en vous l'achetant. Hélas, cette œuvre n'est plus en ma possession à présent.

Cathy sentit que le galeriste avait hésité à lui annoncer cette mauvaise nouvelle.

– Ne me dites pas que vous l'avez déjà vendu ! implora Cathy.

– Non. Malheureusement je ne l'ai pas vendu. Mais je pense que je ne devrais pas vous en dire plus. Simplement je ne l'ai plus.

– Quoi ! s'étouffa la jeune femme. Comment ça, vous ne voulez pas m'en dire plus ? Ecoutez, je vous propose de vous le racheter. Comment pouvez-vous ne plus l'avoir si vous ne l'avez pas vendu ?

Cette conversation lui semblait surréaliste.

– Bon, écoutez... Nous ferions mieux de raccrocher.

– Mais c'est invraisemblable ! Vous pouvez tout de même me dire où se trouve mon tableau.

– C'est que... Je vous rappelle que ce n'est plus « votre » tableau depuis que vous me l'avez vendu, dit Saint-Hilaire reprenant un peu de contenance. Et le problème tient au fait que, même avant la vente, ce n'était pas « votre » tableau. Sur ce, je vous souhaite une bonne journée.

– Ah non, s'énerva Cathy. Vous en avez trop dit pour simplement me raccrocher au nez maintenant.

– Écoutez Madame, j'ai eu ma dose de problème avec ce tableau. Je vous laisse vous débrouiller avec les vôtres.

Saint-Hilaire n'avait plus rien du personnage haut en couleur, beau parleur qu'elle avait rencontré. Son inquiétude était palpable.

– Mais de quoi avez-vous peur ? osa-t-elle demander.

– Peur ? Peur, non, ce n'est pas le mot. Mais... Mais vous savez d'où il vient ce tableau ?

– C'est... c'est le cadeau de mariage de mon père, répondit Cathy d'une voix atone.

– Et bien, il s'avère que « votre » cadeau de mariage est répertorié sur un registre international d'œuvres d'art volées aux juifs par les nazis. Et une jeune femme est venue me l'expliquer en m'exhibant son pistolet sous le nez. Vous imaginez ? Chez moi ! Pas dans ma boutique, non chez moi ! Elle a débarqué à mon domicile, un dimanche matin, elle a crocheté la serrure et elle est venue me cueillir à ma sortie du bain. Vous imaginez ? Heureusement, ma mère était sortie. Et... et... cette folle était complètement surexcitée, elle a commencé par me raconter l'histoire de ce tableau. Ensuite elle m'a obligé à m'habiller sous ses yeux, puis elle m'a conduit jusqu'à la galerie, avec son pistolet collé entre les côtes. J'ai cru que j'allais mourir là, au beau milieu de mes tableaux. Et elle a récupéré le Beckmann, me disant qu'il appartenait à sa famille. Vous imaginez ? Une folle avec un pistolet qui menace de me dénoncer à la justice comme receleur ou trafiquant, enfin je ne sais plus. J'ai failli mourir là, Madame. Alors oui, peur c'est le mot et encore il est faible. J'ai eu peur et j'ai encore peur. J'en fais des cauchemars. Alors maintenant, ça va être votre tour d'avoir peur.

La voix de Saint-Hilaire chevrotait et Cathy restait perplexe.

– Mais je ne comprends rien à cette histoire !

– C'est que j'ai vérifié Madame. Et elle avait raison, la folle. Ce tableau est répertorié volé à la famille Abensour en 1943 par le SS-Sturmbannführer Günter Heinemann.

– Quoi ? C'est pas possible...

Et Cathy fondit en larmes.

Saint-Hilaire ne manifesta aucune empathie particulière devant ces sanglots. Partager le poids de sa peur le soulageait. Alors, en quelques secondes, il redevint un commerçant : quand il était question d'argent, du sien en particulier, l'élégant et raffiné galeriste parisien devenait aussi intraitable qu'un maquignon de bas étage.

– Donc, voilà où nous en sommes très chère Madame Dumont : votre tableau, enfin, si je puis dire « votre », a disparu dans la nature et moi je ne pourrai donc jamais le vendre. Vous réalisez la perte financière que vous me faites subir ? Vous réalisez au moins ?

– Vous lui avez donné mon nom ? demanda Cathy en reniflant.

– Oui, mais... Je ne suis pas un débutant. Je me doute que vous ne vous appelez pas vraiment Dumont. Si une cliente demande qu'on ne mette pas d'ordre sur son chèque, c'est parce qu'elle n'a pas donné son véritable nom. Ah, je peux vous dire que je ne me laisserai plus entraîner dans ce genre d'affaire. Vous m'avez vacciné. Un vaccin qui me coûte cent cinquante mille francs quand même ! Par contre...

– Par contre ? demanda fébrilement Cathy.

– Par contre, je dois vous préciser je lui ai également donné le numéro du chèque que vous avez encaissé. Vous en auriez fait de même, je suppose, avec un pistolet sous le nez. Je n'ai pas hésité une seconde. J'étais terrorisé.

– C'est pas possible !

– Mais si, reprit Saint-Hilaire, elle m'a fichu une telle frousse. Tant pis pour vous finalement. Ce sera peut-être ma seule consolation. J'aurais pu sans doute aussi vous dénoncer à la police, mais je n'avais pas envie qu'ils mettent leur nez dans mes affaires. Et puis elle m'avait fait jurer de ne rien dire à personne. Alors si vous ne m'aviez pas téléphoné...

Cathy comprenait mieux l'agressivité de son père quand il lui avait réclamé ce maudit tableau.

– Par contre, il y a aussi mes cent cinquante mille francs. Vous comptez faire comment ?

– Je vous rembourserai dans les prochains jours, Monsieur. Je vous le promets. Faites-moi confiance.

– Je l'ai déjà fait une fois. Et vous voyez où cela m'a mené... Allez, bonne journée Madame « Dumont », il ne me reste plus qu'à vous laisser faire votre examen de conscience.

Sans trop d'illusions sur cette promesse, Saint-Hilaire raccrocha, laissant Cathy anéantie. Elle regarda longuement le combiné téléphonique et resta prostrée sur le divan. Tout s'effondrait autour d'elle et son horizon ne semblait plus être qu'un amoncellent de nuages gris et menaçants.

Qu'est-ce que son père lui avait caché à propos de ce

tableau ? D'où provenait-il ? Le savait-il lui-même ?

Une seule chose était sûre : le Beckmann était perdu corps et biens. Elle allait devoir à nouveau affronter Raymond et lui dire la vérité.

Les idées continuèrent à tournoyer dans sa tête, puis elle se leva et se servit un fond de whisky qu'elle avala d'un trait. Malgré la tourmente, elle sentait monter en elle une colère sourde qui lui redonnait de la combativité. *Allez, faut que je sois positive,* s'encouragea-t-elle, *les cent cinquante mille francs sont toujours sur mon compte et je n'ai aucune raison de me presser de les restituer à ce parigot prétentieux. On verra plus tard, ce n'est pas ça le plus urgent... Il va d'abord falloir que papa me raconte comment un tableau volé par les nazis a échoué dans notre famille.*

Elle considéra le téléphone posé sur la table basse du salon.

Non, je ne vais pas l'appeler. Je veux voir son regard quand il va m'expliquer.

22

Depuis qu'il s'était levé, Raymond arpentait son atelier. Il buvait café sur café, tentant de trouver une solution. Il regardait tous ces meubles entassés, comme autant d'heures de travail accumulées pour la respectabilité de sa famille. Chaque fois qu'il s'approchait de la buanderie, un frisson de terreur lui parcourait le dos et lui nouait le ventre. Pourtant il ne pouvait s'empêcher d'y pénétrer. Il s'approchait alors du congélateur, fermait les yeux en saisissant la poignée d'ouverture et pendant quelques secondes il se disait que tout cela devait être un cauchemar, que le congélateur ne pouvait contenir autre chose que des plats cuisinés ou les morceaux de gibier que lui offraient ses amis chasseurs. Puis il soulevait brusquement le couvercle pour découvrir encore et toujours le visage bleui de Nadia Moreno. L'expression de la jeune femme semblait apaisée. Seul un petit filet de sang rougeâtre et figé soulignait la plaie de son cou.

Cette fois encore, Raymond referma le congélateur en soupirant bruyamment. Il n'échapperait donc pas à la réalité. Tout lui semblait compliqué à présent : extraire seul le corps, avec sa rigidité cadavérique qui rendrait encore plus difficile le transport, l'installer le plus discrètement possible dans le break et foncer au fond des bois...

Quand il se retourna pour regagner ses appartements, il crut défaillir en découvrant Cathy dans l'embrasure de la porte de la buanderie. Elle le regardait avec étonnement.

– Et bien, fit-elle d'un ton moqueur, je ne savais pas que la contemplation de tes surgelés pouvait te mettre dans un tel état.

– Mais bon dieu, tu m'as fait peur. Qu'est-ce que tu fais là ? ne put s'empêcher de demander Raymond.

– La porte était ouverte. J'ai pas le droit de venir voir mon petit papa ? Mais quand je te regarde, je me demande si tu es bien content que je sois là.

Raymond nota immédiatement le ton sarcastique de sa fille. Elle était bien différente de la Cathy d'hier soir qui semblait si embarrassée quand il lui avait parlé du tableau.

– En plus j'ai des choses à lui dire, à mon petit papa, et des choses à lui demander aussi. Un peu comme hier soir à la maison, mais en inversant les rôles.

– Je n'aime pas ce ton Cathy. Tu ne devrais pas parler comme ça. Bon, ne restons pas ici. Montons au salon. Tu vas m'expliquer tout ça devant un verre.

Ils gravirent silencieusement l'escalier. Cathy se dit que l'idée d'un verre n'était pas mauvaise, malgré l'heure matinale. Il lui faudrait du courage pour demander des comptes à son père, exercice totalement inédit pour elle. Raymond avait lui aussi besoin d'un remontant pour oublier sa poussée d'adrénaline en découvrant la présence de sa fille. Le pire avait été évité, elle n'avait pas vu l'intérieur du congélateur. Mais son attitude étrange l'inquiétait.

Une fois avalée une salutaire gorgée du vin de noix, Cathy toussota pour éclaircir sa voix et se lança :

– Papa, j'ai des nouvelles du Beckmann. J'ai eu ma copine à qui je l'avais prêté. Ça va être un peu compliqué de le récupérer.

– Et pourquoi donc ? demanda Raymond avec autorité, reprenant du poil de la bête.

– Parce qu'il a été récupéré par quelqu'un qui prétend

en être le vrai propriétaire. Qu'est-ce que tu en dis ?

– Euh... bafouilla Raymond, interloqué. Mais les vrais propriétaires, c'est nous !

– Non, papa, ce tableau a été volé par des nazis à une famille juive pendant la guerre. Tu le savais n'est-ce pas ? Tu le savais ?

Le moment tant redouté était arrivé. Raymond avait toujours espéré qu'il n'aurait jamais à s'expliquer sur l'origine de ce tableau, sur sa vie d'avant en Suède, lorsqu'il s'appelait encore Björn Svalneson et sur son amitié fraternelle avec Günter Heinemann dont le tableau était l'ultime témoignage. Si seulement cette toile avait pu rester sagement chez les Delpoux !

Cathy le regardait avec des yeux accusateurs qu'il ne lui connaissait pas. *Je ne peux pas rester sans lui répondre,* se dit-il, *mais je ne veux pas la perdre, je ne peux pas la perdre. Tant pis. La vérité supportera bien quelques arrangements.*

– Oui, je te l'avoue, je connais l'origine de ce tableau. Il vient effectivement d'une famille juive spoliée par les nazis.

– Ne me dis pas que tu as été le complice de ces salauds ! s'indigna Cathy.

– Non, rassure-toi. Je connaissais cette famille et comme nous étions proches et qu'ils me faisaient confiance, ils m'ont demandé de mettre ce tableau en sécurité. Quand j'ai dû partir, des amis du parti communiste allemand m'ont aidé à rejoindre la zone libre grâce à leur réseau. Le tableau, c'était le seul lien qui me restait avec cette famille. Mais c'était une époque troublée, les passions restent encore trop vivaces, difficile de faire valoir mon innocence. Regarde, même toi tu m'as soupçonné. Mais sache que je n'ai jamais fréquenté les nazis, ni fait d'affaires avec eux.

– Tu me le jures papa ?

– Je te le jure Cathy. *Pardonne moi, Günter,* soupira-t-il en lui-même, *ce mensonge est pour épargner notre fille.* Tu comprends à présent pourquoi sa disparition me peine autant.

– Mais tu aurais quand même pu chercher s'il n'y avait pas des survivants dans cette famille, des héritiers.

– J'ai essayé après la guerre, mais c'était très compliqué, et au bout d'un moment j'ai renoncé.

– Tout le monde n'a pas renoncé, papa. La fille qui a récupéré le tableau est une descendante des gens que tu connaissais. Visiblement elle ne savait pas qu'ils te l'avaient confié. Elle était furieuse, presque haineuse. Je ne serais pas étonnée qu'elle cherche à nous retrouver...

– Et bien, si elle retrouve ta trace, tu me l'envoies et je lui expliquerai pourquoi ce tableau était chez nous. Et elle comprendra, j'espère... conclut-il.

Raymond s'efforça de ne pas montrer son trouble à sa fille. Tout devenait compréhensible à présent, les photos dans le sac de Nadia Moreno à l'hôtel, sa présence autour de l'étude la nuit de l'accident. Il n'osa bien entendu pas rassurer sa fille en lui précisant que là où elle se trouvait à présent, l'énigmatique jeune femme de la galerie serait inoffensive pour l'éternité.

– Tu ne penses pas que tu aurais pu m'en parler plus tôt, de tout cela ? Du moment que tu n'avais rien à te reprocher, ça ne servait à rien de me faire toutes ces cachotteries. Tous ces non-dits auraient pu nous pourrir l'existence.

– Je sais, je sais, tu as raison. Mais je n'aime pas remuer le passé, surtout ces années-là. Et puis je n'avais jamais envisagé que le Beckmann puisse sortir de chez toi.

Cathy se leva soudainement, se précipita vers son père et l'entoura de ses bras. Raymond la serra affectueusement.

– Qu'est ce qu'il y a ma grande ? C'est ce satané tableau

qui te contrarie autant ?

Cathy ne put pas répondre immédiatement tellement sa voix chevrotait à chacune de ses tentatives pour articuler un mot. Elle finit par se calmer.

– Tu sais, papa, dit-elle en reniflant, je m'en veux tellement de t'avoir soupçonné.

Raymond lui caressa les cheveux comme il le faisait quand elle était enfant. Ce geste paternel et rassurant venait alors à bout de ses angoisses ou de ses peines.

– Cathy, tu es ce que j'ai de plus précieux au monde. Te décevoir ou pire te trahir, ce serait pour moi comme un suicide. Je ne veux pas que tu puisses avoir honte de ton père.

– C'est réciproque, papa, je veux aussi que tu sois fier de moi. Tu sais, j'ai pris de nouvelles résolutions pour ma vie. Elle commençait à ronronner un peu trop et à m'ennuyer. Je vais reprendre la photo, je vais aussi secouer le train-train de mon petit notaire de mari. Tu ne tarderas pas à voir les résultats de tout ce chambardement.

– Je te fais la plus entière confiance, ma Cathy. Bon, tu veux rester manger avec moi ?

– Non, papa, s'excusa la jeune femme, je dois rentrer à la maison. Et puis, moi, les émotions, ça ne m'ouvre pas l'appétit.

Elle embrassa son père et repartit, laissant Raymond épuisé. Il alla jusqu'à la salle de bains, posa ses mains de part et d'autre du lavabo et se dévisagea dans la glace avec un regard sans concession.

Meurtrier et menteur ! T'es vraiment le père idéal, mon pauvre Björn.

23

Lorsqu'il pénétra sur le parking de la menuiserie Rigal et Fils, Maurice Dupretz se dit que cette entreprise ne respirait pas le dénuement. Les bâtiments à l'architecture moderne, tout de verre et d'aluminium, tranchaient singulièrement avec les modestes hangars en tôle ou en béton qui peuplaient les zones artisanales de la région.

Le détective se gara près d'un immense break Mercedes flambant neuf dont il était difficile de penser qu'il puisse appartenir à quelqu'un d'autre qu'au maître des lieux.

Il est donc là ! en conclut Dupretz. *À nous deux, monsieur le florissant menuisier de province.*

Le hall d'entrée était à l'avenant de l'extérieur : meubles au design raffiné, grandes baies vitrées devant lesquelles s'épanouissaient de splendides plantes vertes. Une jolie plante, mais rousse celle-là, l'accueillit.

– Bonjour, Monsieur, que puis-je pour vous ? demanda-t-elle d'un ton suave.

– Hum hum... Me dire si vous êtes contente de votre ordinateur.

Le détective désignait l'ordinateur personnel IBM qui trônait sur le bureau de la jeune femme.

– Oh, s'exclama-t-elle, l'IBM 5100 ? C'est merveilleux ! Quand je pense à ma vieille machine Olivetti. C'est le jour et la nuit.

– C'est le premier que je vois dans le coin, commenta le détective.

– Vous savez, Monsieur Rigal veut être équipé de matériel à la pointe, aussi bien dans les bureaux que sur les chantiers. Mais je présume que mon ordinateur n'est pas la seule raison qui vous amène dans notre entreprise. Que puis-je pour vous, Monsieur ?

– Hum hum... Je voudrais voir Monsieur Rigal. Tout simplement.

– Vous avez rendez-vous ?

– Non, mais soyez assez aimable pour lui dire que je viens le voir de la part de Maître Delpoux et que je ne serai pas long.

La jeune femme nota son nom, l'invita à s'asseoir dans la salle d'attente et disparut dans le couloir qui longeait le bâtiment.

Elle revint au bout de deux minutes et annonça à Dupretz que Bernard Rigal pouvait lui accorder quelques instants.

– Troisième porte à gauche dans le couloir, précisa-t-elle.

Dupretz frappa et une voix caverneuse lui répondit d'entrer.

Ça, c'est une voix travaillée à la Gitane sans filtre, se dit le détective.

– Hum hum... Bonjour Monsieur Rigal ! Merci de m'accorder ce petit entretien.

Le menuisier ne se donna même pas la peine de se lever pour accueillir le visiteur. Ce détail, preuve d'un manque flagrant d'éducation, froissa le détective.

– Votre nom, c'est quoi, déjà ? Dupré ? Dupraisse ? C'est donc Emmanuel qui vous envoie si j'ai bien compris ?

Avant de répondre, Dupretz regarda le bonhomme qui lui faisait face. *Bingo, c'est bien des Gitanes ! T'es vraiment le meilleur, Maurice,* se félicita le détective en voyant le cendrier débordant de mégots... Bureau de marbre, stylos de luxe, agenda en cuir... Monsieur Rigal ne détestait apparemment pas les signes extérieurs de richesse. Mais son visage au teint gris, ses yeux cernés et sa bedaine confortable trahissaient, eux, des signes évidents d'excès de table et d'alcool.

– Hum hum... Dupretz, je m'appelle Maurice Dupretz. C'est bien Maître Delpoux qui m'a donné votre adresse. Belle entreprise que la vôtre, dites-moi ! Ça a l'air de marcher plutôt bien, les affaires, non ?

Rigal commençait à s'impatienter devant ce visiteur indiscret qui lui faisait perdre son temps.

– Je me plains pas, commenta sobrement le menuisier, mais bon, vous êtes juste venu pour me parler conjoncture ? Je n'ai pas que ça à faire, moi, Monsieur. Venez-en plutôt au fait. C'est pour me demander un devis de menuiserie que vous êtes là ?

Dupretz ne releva pas, se contentant de regarder son interlocuteur avec un sourire étrange. *Allez Maurice, on va poser la première banderille sur ce gros taureau aussi rustre qu'imbibé.*

– Hum hum... Bon, Monsieur Rigal, je suis détective privé et je suis à la recherche de renseignements dans le cadre d'une enquête que m'a confié Maître Delpoux.

Putain, comment Emmanuel peut-il me soupçonner? se demanda Rigal.

Le détective repéra que le menuisier avait soudain du mal à déglutir, comme si une boule trop pâteuse s'était formée dans sa gorge.

– Ah bon ? Et en quoi cette enquête me concerne-t-elle ?

– C'est à propos d'une lettre qui se trouvait dans le coffre fort de mon client.

– Je ne vois toujours pas le rapport avec moi, continua Rigal avec un détachement de façade.

– Et si je vous dis que sur ce pli il y avait deux noms dont l'un ne devrait pas vous être inconnu... Simerski.

– Quoi ? Simer... Simertruc ? s'étrangla-t-il, jamais entendu parler.

– Et le deuxième nom, Florac, ça vous parle ?

– Florac, d'accord, c'est un client et avant tout un ami, mais l'autre exotique, Simervitch, connais pas.

– Hum hum... Vraiment ? demanda Dupretz avec un sourire narquois. Vous ne lisez jamais la presse ? Expliquez-moi comment le nom de votre ami se retrouve associé à celui d'un mafieux ?

– Bon, ça suffit avec vos insinuations, s'emporta Rigal, je ne sais pas qui vous êtes mais je n'ai pas de temps à perdre avec des gens de votre espèce. Si vous voulez avoir des infos, vous n'avez qu'à aller voir Florac lui-même. Je ne vous retiens pas.

Le détective se leva avec calme et se dirigea vers la porte. La main sur la poignée, il se retourna vers son interlocuteur.

– Vous savez, Monsieur Rigal, je ne suis pas dupe de votre jeu. Vous êtes tellement transparent.

Le menuisier tenta de retrouver une contenance en allumant une Gitane d'un geste dont l'extrême fébrilité n'échappa évidemment pas à Dupretz.

Le taureau commence à être sérieusement atteint, se félicita-t-il, *voyons s'il a encore du répondant.*

Rigal écrasa nerveusement sa cigarette au bout de deux bouffées, se leva et toisa son interlocuteur.

– Bon, Monsieur Dupresse..., ici c'est une entreprise où des gens travaillent et où vos affabulations n'ont rien à faire. Vous dégagez à présent. Je fais venir ma secrétaire pour vous raccompagner, et si vous persistez à m'emmerder, c'est mon vigile qui prendra le relais. Compris ?

Et il appela via l'interphone la jeune femme rousse de l'accueil.

Très bien, il veut jouer au con ? Alors en avant pour la deuxième banderille... se dit le détective.

– Hum hum ... Ah, votre jeune et ravissante secrétaire ! C'est vrai que vous êtes amateur de jolies femmes...

Et il abattit sur le bureau, tel un carré d'as, quatre photos de la partouze avec Nadine Paloux. Au même moment, la secrétaire poussait la porte du bureau. Avec une délectation non dissimulée, Maurice Dupretz vit successivement Rigal se décomposer à la vue des clichés puis se précipiter sur la porte pour la fermer au nez de la jeune femme qu'il congédia en bredouillant quelques mots incompréhensibles.

Déjà les deux genoux à terre ! Finalement, t'es un sacré torero, mais on va aller jusqu'à la mise à mort, se dit Maurice avec gourmandise.

Rigal, sonné, fit un détour par son mini bar pour se verser une généreuse rasade de whisky qu'il avala cul sec avant de se retourner vers le détective, le visage hagard.

– Je comprends fort bien que vous ne m'en ayez pas proposé, ironisa Dupretz, de toute façon je ne bois pas pendant le service, comme tous les travailleurs sérieux. Pour revenir à ces clichés très personnels, mon cher Rigal, imaginez une seconde l'usage que pourrait en faire la liste adverse pour l'élection consulaire. Vous savez comment les coups bas sont monnaie courante en période électorale... Et votre famille, vos amis, vos salariés, vos clients... J'en frémis à l'avance. Sincèrement.

Rigal s'affala dans son fauteuil, se demandant comment ce type avait pu le coincer à ce point.

– Hum hum... ça vous épate, hein, que j'en sache autant sur votre compte ? Mais ça aussi c'est un métier, avec de bons professionnels, monsieur le menuisier de province. Comme on dit dans votre pays de ploucs, je vous tiens « par les couilles ». Aussi, maintenant, vais-je vous demander de tout me dire.

Rigal allumait déjà la troisième cigarette depuis le début de leur entretien.

– Vous êtes une ordure, Dupretz. Vous voulez combien contre les photos ? demanda-t-il d'une voix éteinte.

– Enfin, sourit le détective, vous êtes arrivé à prononcer correctement mon patronyme. Ceci dit, en matière d'ordure, vous en connaissez sûrement plus que moi, et des plus gratinées. Quant à vous, Rigal, vous aurez du mal à me convaincre que vous n'avez rien à m'apprendre sur la disparition de ce document. Allez, je vous écoute, je veux tous les détails sur l'opération.

– Écoutez, Dupretz, je suis prêt à être très généreux avec vous mais ne me demandez pas l'impossible. Je pourrais le payer très cher...

– Vous n'imaginerez jamais à quel point vous m'intéressez, Rigal, ça dépasse l'entendement.

Le détective se rassit et sans plus de formalités, prit la première feuille blanche du bloc note de Rigal pour se livrer à la confection d'une cocotte en papier.

– Cent mille, ça va ? proposa Rigal, sidéré par ce geste insolite.

– J'ai besoin de plus que ça....

– Cent cinquante, je ne peux pas plus...

– Vous ne m'avez pas bien compris. J'attends bien plus que cela de votre part.

Rigal prit sa tête entre les mains. Il savait que quoi qu'il fît, le combat était perdu. Son argent ne le sauverait pas. Il n'avait le choix qu'entre deux options : Waterloo ou Trafalgar. Alors il finit par choisir la défaite qui laisserait de lui le moins mauvais souvenir. Il se leva, s'avança vers le meuble d'archive où il avait soigneusement caché le pli. Ses gros bras le lui avaient remis après l'avoir soutiré à ce pantin de sculpteur qu'ils avaient laissé désarticulé. Il en sortit la lettre cachetée au nom de Florac-Simerski. Il regarda l'enveloppe, la retourna, la soupesa, comme s'il estimait ce que valait sa vie. Puis, la mort dans l'âme, il la posa sur le bureau, devant le détective. *Mince,* se dit Maurice, *c'était lui qui l'avait ! Je suis encore meilleur que ce que je pensais.*

– Hum hum ... Très bien, Rigal. Vous savez être raisonnable, dit sobrement Dupretz en posant sa cocotte pour prendre la précieuse enveloppe.

Au comble de l'abattement, le menuisier ne fit pas de commentaire, l'esprit englouti par l'accumulation de nuages noirs qui constitueraient désormais son seul avenir.

– Bien entendu, Rigal, vous gardez ces photocopies de votre soirée coquine.

– Mais où sont les originaux ?

– À l'abri dans un coffre. Et s'il n'arrive rien de fâcheux à leur propriétaire, vous n'en entendrez plus parler. Par contre...

– Quoi encore ? gémit Rigal, avec un regard de chien battu. Je ne peux pas faire plus.

– Mais je ne demande pas plus. Vous m'avez dit cent cinquante mille.

Rigal, vaincu, ouvrit son tiroir d'un geste machinal.

– Mais non, laissez tomber ! Parlez-moi plutôt de cette complice... Qu'est-elle devenue après vous avoir remis l'enveloppe ?

Rigal marqua un temps d'arrêt. Comment pouvait-il savoir ? Cathy aurait donc tout avoué ? Et elle aurait disparu ?

– Euh... Je....

– Et bien, Nadia Moreno, où est-elle passée ?

– Nadia Moreno ? Je ne connais personne de ce nom... répondit Rigal avec une sincérité qui échappa totalement au détective.

– Hum hum...

– Je vous le jure, insista pitoyablement le menuisier en repartant vers le mini bar.

– Vous la connaissez peut-être sous son vrai nom, que j'ignore. Bref, votre complice, quelle que soit sa véritable identité, où est–elle passée ? Ecoutez, Rigal, au point où vous en êtes, vous pouvez me donner les détails de l'opération. Ça ne change plus rien pour vous. Allez, je vous écoute.

Cette conversation devenait surréaliste pour Rigal. Autant le détective avait démontré de manière irréfutable son pouvoir de nuisance, autant sa dernière requête était incompréhensible. Mais il ne fallait pas le vexer, il était trop dangereux.

– Bon, OK, improvisa Rigal, euh... Elle nous a ramené le pli, elle... elle a eu son chèque et voilà.

– Et qu'est-ce qu'il s'est passé après l'accident avec le notaire, la nuit de votre beuverie ?

– Quel accident ?... Euh, ce... c'était rien de grave, répondit Rigal au jugé.

– Et où est-elle à présent ?

– Qui ?

– Et bien, Nadia Moreno !

– Euh... Elle est repartie avec son fric. Je sais pas où.

– Et comment vous l'avez contactée ?

Rigal prit quelques secondes avant de répondre.

– Par Simerski, tenta finalement Rigal pour mettre fin à ce supplice.

– Hum hum... Et bien on y est arrivé. La boucle est bouclée. Je n'ai plus qu'à prendre congé à présent et à vous souhaiter... disons, beaucoup de courage pour la suite.

Il se leva et glissa l'enveloppe dans la poche de sa veste. Sa mission était accomplie, l'enquête était terminée. De toute manière, il ne pouvait rien faire pour aider ce pauvre Rigal qui ne semblait même plus l'entendre et dont le regard était perdu dans les nuances ambrées de son second verre de whisky.

– Ne vous levez pas, cher ami, je sais que vous avez

l'habitude de rester assis.

Il sortit du bureau, abandonnant Rigal à sa solitude puis quitta l'entreprise après avoir salué de manière affable la ravissante rousse de l'entrée.

Le menuisier n'avait pas tout compris à ce qui venait de se passer, mais ce qu'il savait c'est que Florac ne lui pardonnerait jamais. Sans ses commandes, la menuiserie ne tiendrait pas six mois.

24

Emmanuel s'était levé de bonne humeur. La veille au soir, Cathy et lui avaient discuté comme ils ne l'avaient plus fait depuis... A bien y réfléchir, peut-être n'avaient-ils jamais autant discuté. Elle lui avait parlé de ses projets, retrouver une existence sociale qui ne se borne pas à être l'épouse du notaire, reprendre la photo, tenter enfin de faire la carrière dont elle avait rêvée et assumer le risque de l'échec. Il l'avait écoutée attentivement, avec bienveillance. Il lui avait proposé de l'argent pour l'aider à se lancer et finalement avait accepté l'idée d'un prêt, « de professionnel à professionnel ». Elle avait semblé ravie qu'il la prenne au sérieux et elle l'avait entraîné vers leur chambre avec un enthousiasme savoureux. Ils n'étaient même pas passés par la case salle de bain ! Et ils s'étaient jetés l'un sur l'autre, ou stricto sensu l'une sur l'autre, avec un appétit retrouvé.

Ce matin, il s'était glissé hors du lit sans bruit pour la laisser récupérer de leurs ébats nocturnes. Il avait réveillé Louis et ils avaient pris leur petit-déjeuner en silence, complices dans leur amour pour la même femme. Il l'avait déposé à l'école. Dans le rétroviseur de la Renault, il avait vérifié sa coiffure, dont les pouvoirs surnaturels avaient encore frappé cette nuit, et il était arrivé à l'étude souriant et décontracté. Ça allait être une belle journée !

Les premiers clients étaient un couple d'enseignants qui signaient l'acte d'achat de leur maison. *Charmante la prof d'anglais. Louis aura bien de la chance lorsqu'il at-*

taquera l'étude de la langue de Shakespeare.

Emmanuel avait ensuite un battement de trois quarts d'heure avant le rendez-vous suivant. Il en profita pour relire une troisième fois la version définitive du testament du père Puech. Mais rapidement, ses pensées se mirent à vagabonder. « *Bon sang*, se dit-il, *c'était juste après la venue du père Puech que j'avais rendez-vous avec Nadia Moreno...* ». Et comme trop souvent, cette inconnue avait accaparé toute son attention : carte de presse, sac à main, sang, choc, corps... Emmanuel considéra les feuilles de papier sur son bureau et soupira. Il avait encore totalement décroché du testament. Il allait se lever pour se servir une tasse de café salutaire quand l'interphone sonna.

– Monsieur Delpoux, il y a quelqu'un pour vous à l'entrée.

Le notaire vérifia d'un coup d'œil son agenda ouvert devant lui. Non, il ne s'était pas trompé, aucun rendez-vous n'était noté. Il en fit part à sa secrétaire.

– Oui, mais le monsieur insiste. Très poliment... précisa-t-elle.

– Son nom ?

– Monsieur Samuel Abensour.

– Laissez-moi cinq minutes.

Il rangea la chemise cartonnée dans la bannette des dossiers à traiter en priorité puis donna un semblant d'organisation au désordre très professionnel de son bureau. Emmanuel aimait faire patienter un peu ses clients. Ce rituel datait de ses débuts, lorsqu'il avait besoin de se concentrer avant chaque entretien. Aujourd'hui, seule perdurait la dimension rituelle sans raison sous-jacente.

– Faites-le entrer.

Emmanuel détailla l'homme qui s'avançait : il était grand et athlétique. Il jeta sur le notaire un regard austère surligné par des sourcils épais et broussailleux qui offraient un contraste saisissant avec sa chevelure brune et courte. L'élégance de la coupe de son costume noir adoucissait avec distinction la sévérité qu'il dégageait. Comme Emmanuel s'y attendait, la poigne fut des plus fermes, mais la voix posée et avenante lorsqu'il se présenta le mit immédiatement à l'aise, malgré une pointe d'accent qu'il ne put identifier.

– Monsieur Abensour, que puis-je pour vous ?

– Je viens vous voir car je suis en quête de certains renseignements...

Il laissa sa phrase en suspens. Après quelques secondes de silence gênant, Emmanuel l'enjoignit de poursuivre.

– Je vous écoute. Dites-moi.

– Disons que l'affaire qui nous concerne est... compliquée.

– Oui, mais encore ? prolongea Emmanuel qui s'interrogeait sur le « nous ».

– Une de mes connaissances devait venir vous rencontrer il y a quelques jours, dit Abensour en ouvrant sa sacoche. Mais je suis sans nouvelle d'elle et je suis... soucieux. Non, plutôt inquiet, rectifia-t-il dans un français volontairement hésitant.

Il posa sur le bureau d'Emmanuel la photocopie d'une page d'agenda en date du 19 janvier. Le rendez-vous était noté : Emmanuel Delpoux – dix heures. Il observa le notaire en plissant les yeux. Emmanuel, lui, écarquilla les siens et s'assit instantanément en arrière dans son grand fauteuil, écrasant ses épaules contre le dossier, comme pour mettre le maximum de distance entre lui et son interlocuteur.

– Vous aviez rendez-vous avec Nadia Moreno.

Merde, cette journée avait si bien commencé ! pesta Emmanuel.

– Je vois à votre réaction que ce nom ne vous est pas inconnu.

Lalanne avait raison. Elle avait bien des complices. Un

au moins.

– Mais... Qui êtes-vous ?

– Je suis un de ses anciens collègues. Elle a disparu, nous sommes impatients de la retrouver, vous comprenez ?

Son ton calme et apaisant se voulait rassurant, mais Emmanuel était de plus en plus angoissé.

– Écoutez, j'ai dit tout ce que je savais concernant cette jeune femme aux gendarmes. Voulez-vous que nous les appelions ?

Emmanuel pensait avoir trouvé l'argument qui ferait renoncer son interlocuteur. Mais celui-ci ne fut pas déstabilisé le moins du monde.

– Vous savez qu'elle est jeune ! Vous l'avez donc rencontrée ?

– Monsieur, vous me posez des questions, très bien, mais il est peut-être temps que je sache à qui je m'adresse.

– Je n'ai rien à cacher. Et si cela peut vous rassurer...

Et là, Emmanuel crut que tout était fini. Qu'avait-il demandé ? En voyant l'homme porter sa main vers la poche intérieure de sa veste, il vit défiler toute sa vie, avec gros plan sur le sourire de Louis ce matin et le soupir de jouissance de Cathy la veille au soir. Il s'attendait à voir surgir un revolver ou un pistolet, il n'avait jamais bien compris la différence entre les deux.

Mais l'homme sortit son portefeuille et en retira une carte de visite : Samuel Abensour, Attaché Culturel à l'Ambassade d'Israël.

– Vous comprendrez que le mot culturel est pris au sens large... Et Nadia est une de nos ressortissantes. Or vous l'avez rencontrée récemment. Et moi, je cherche simplement à savoir où elle se trouve.

– Elle dépendait de l'Ambassade d'Israël ?

– Comment ça « dépendait » ? demanda Samuel Abensour d'un ton soupçonneux. Pourquoi parler d'elle au passé ?

– Euh, oui... Je disais ça parce que... Je parlais au passé parce que... En fait, je ne l'ai pas rencontrée. Elle avait pris rendez-vous avec moi en tant que journaliste mais elle ne s'est jamais présentée. Et elle était inconnue du journal dont elle se réclamait. Je les ai appelés, ils ne la connaissaient pas. Mais j'ai trouvé son sac à main dans la rue, enfin, un sac à dos. C'est pour ça que je suis allé à la gendarmerie. Et ils m'ont dit que c'était une fausse identité.

– Bon. Convenons-en. C'est une « couverture ». Nadia n'est pas réellement journaliste. Vous n'avez donc eu aucun contact avec elle ?

– Non. Je ne sais même pas ce qu'elle me voulait.

Samuel Abensour prit un temps de réflexion avant de répondre, comme pour définir ce qui pouvait être révélé et ce qui devait rester secret.

Il se pencha à nouveau vers son dossier.

– Je n'ai pas tous les éléments. Mais nous savons qu'elle avait pris rendez-vous avec vous dans le cadre de son enquête. Je connais bien Nadia, elle devait avoir de bonnes raisons pour prendre contact avec vous.

Il avait adopté un ton accusateur pour prononcer cette dernière phrase et Emmanuel se rendit compte que tel n'avait pas été le cas jusque-là.

Abensour posa sur la table une photo. L'œuvre de Beckmann. Emmanuel la reconnut immédiatement mais se dit qu'il serait plus sage de n'en rien montrer.

– Qu'est-ce que c'est que cette photo ? Et quel rapport avec moi ?

– C'est ce que je m'efforce d'établir.

– Je ne vois pas comment je pourrais vous aider.

– Vous m'affirmez donc que vous n'avez jamais vu ce tableau de Randstrom ?

Il prit la photo, fit mine de l'analyser et de faire appel à sa mémoire. C'était un tirage de grande qualité, d'une précision impressionnante, et la signature de Beckmann était facilement identifiable. *Il me teste,* pensa Emmanuel. *Mais pourquoi ?*

– Randstrom, vous dites ? Un peintre allemand ? feignit Emmanuel. Je n'y connais rien...

– Avez-vous un lien quelconque avec sa vente ?

– Sa vente ?

– Oui, il vient d'être vendu à Paris.

Emmanuel sentit un goût amer remonter de son estomac vers sa gorge. Mais il fit de son mieux pour n'en rien laisser paraître. *Cathy l'a vendu ? C'est donc pour ça que Raymond était si tendu l'autre soir.*

– Monsieur, je suis notaire. Je vends des biens immobiliers... et je ne suis pas amateur d'art.

– Là n'est pas la question. S'il n'y avait que les amateurs d'art qui en faisaient le trafic... soupira Abensour.

– Trafic ? demanda Emmanuel du tac au tac.

– Oui, c'est le terme qu'on emploie pour un tableau répertorié sur un registre international des œuvres d'art volées par les nazis.

– Ah ! Emmanuel n'eut aucune difficulté à feindre l'étonnement. Il tombait réellement des nues. Ecoutez Monsieur Abensour, peut-être cette enquête concerne-t-elle un des clients de mon père. Il exerçait déjà pendant la guerre.

– Admettons... Pourrais-je m'entretenir avec lui ?

– Mon père est décédé il y a quatre ans.

– Condoléances... Mais, considérant la gravité des faits, vous maintenez toujours ne pas reconnaître ce tableau ? Il a été volé à une famille juive en 1942. Et Nadia en a retrouvé la trace à Paris où il vient de réapparaître par un circuit obscur. Vendeur non identifié. Et comme certains membres du réseau nazi ont échappé à la justice... nous nous devons d'enquêter.

– Désolé, mais tout cela ne me dit rien.

Abensour sortit une autre photo.

– Voici les derniers détenteurs connus de cette œuvre.

Emmanuel regarda attentivement le cliché en noir et blanc. Il représentait un couple et leur petite fille dans une pause convenue. Trois tableaux décoraient le mur de l'appartement cossu. On identifiait aisément le Beckman au centre. L'homme était debout, strict et fier dans son uniforme d'officier nazi. La femme sur une chaise à côté de lui tenait sur ses genoux leur fille. La mère était blonde, une chevelure épaisse et bouclée, la taille fine, la poitrine généreuse. Il détailla son visage. Le menton ! Ce menton, à l'arrondi souple et harmonieux. Et les lèvres fines. Un doute l'envahit. Il dévisagea la petite fille. Blonde elle aussi. Le même menton que sa mère. Et cet air malicieux qu'il aurait reconnu entre mille : cette petite fille, c'était Cathy. Pas de doute. Déjà si jolie.

Il scruta plusieurs fois le visage de l'officier pour essayer d'y retrouver des traits de Raymond. Mais non, impossible, ce n'était pas le même regard, pas même la même corpulence.

– Qui est-ce ? demanda-t-il tremblant.

– La famille du major Günter Heinemann, l'officier allemand responsable du vol de dizaines d'œuvres d'art à des familles juives. C'est une de ses dernières photos, avec sa femme et sa fille, avant qu'ils ne soient fusillés.

– À la Libération ?

– Non. Par les nazis, quand Goering a découvert qu'il écoulait à l'insu de son administration certaines des œuvres qu'il confisquait. Heinemann avait un sens très personnel, très égoïste plutôt, de cette spoliation, puisqu'il les revendait pour son propre compte, avec l'aide d'un marchand d'art suédois. C'est lui que Nadia recherche.

À chacun des détails qu'il énonçait, Samuel Abensour guettait la moindre réaction du notaire, le moment où il se trahirait.

– Et la fillette ? questionna Emmanuel en maîtrisant sa voix du mieux qu'il put.

– Elle aurait « disparu » avant que ses parents ne soient arrêtés et exécutés.

– Disparu ?

– Les nazis ne l'ont pas trouvée. Son père avait dû la mettre à l'abri. Ou bien elle était morte.

– Ah, fit le notaire, en tentant de masquer son trouble.

– Alors, ce tableau ?

– Oui ?

– Il ne vous dit rien ?

– Non.

L'Attaché d'Ambassade posa sur la table une autre photo. Sur la droite, le même tableau. Au premier plan, une autre famille. Un couple et ses six enfants.

– C'étaient les propriétaires précédents. Juifs. Sept d'entre eux sont morts à Auschwitz. Lui seul a survécu.

Il pointa du doigt le visage d'un petit garçon un peu triste, le moins souriant de la fratrie.

– Je suis désolé. Je ne peux réellement pas vous en apprendre plus.

– Il s'appelait Jacob Abensour.

Emmanuel se sentit blêmir. Sa gorge se serrait.

– C'est... c'est votre famille ?

– C'était ma famille. Jacob, mon père, est mort l'an dernier d'un cancer. Il n'y a donc plus aucun survivant.

– Désolé. Toutes mes condoléances.

– Merci. Mais je m'en remets peu à peu. Mieux que ma sœur.

– Votre sœur ?

– Nadia.

Emmanuel resta bouche bée, incapable de trouver les mots pour exprimer sa stupeur.

– Nadia a travaillé pour le Mossad. Elle avait tendance à employer des méthodes assez radicales aux dires de ses supérieurs. À la mort de notre père, ils ont considéré qu'elle devenait ingérable parce qu'elle était obsédée par les coupables de la spoliation de notre famille. Les retrouver et les punir est devenu son unique but. Elle a été contrainte de quitter son service. Depuis, elle enquête en indépendante. Si je vous dis tout ça, c'est pour que vous sachiez que je ne laisserai pas tomber mes recherches. Et que vous avez tout intérêt à me révéler tout ce que vous savez avant que ma sœur ne vous interroge à sa façon.

– Vraiment, je ne peux rien vous dire de plus.

– Très bien, soupira Abensour. Je suis obligé de vous croire sur parole. Cela ne me convient pas, mais ai-je vraiment le choix ? En tout cas si vous avez des nouvelles de Nadia, je vous prie de bien vouloir appeler à ce numéro.

Il pointa du doigt ses coordonnées sur sa carte de l'Ambassade.

– Bien sûr. La gendarmerie s'en occupe. Je vous tiendrai au courant s'ils trouvent quelque chose.

– Bien sûr, se contenta-il de dire avec un hochement de tête et une mine dubitative quant à ses chances d'avoir des nouvelles par ce canal-là.

– Bon. Mon rendez-vous suivant ne va pas tarder...

– Je comprends, je comprends. Mais sachez une chose, reprit-il en fixant Emmanuel, je ne quitterai pas la région sans avoir retrouvé Nadia. C'est ma sœur, vous comprenez. Ma petite sœur. Alors à bientôt peut-être, Monsieur Delpoux.

L'attaché culturel sortit. Emmanuel le raccompagna jusqu'à la porte de l'étude, comme pour s'assurer qu'il disparaisse. *Quelle journée de merde !* Il se rassit à son bureau pour rassembler ses idées. Il se sentait assommé, comme si tout ce qui lui était familier, ses repères de vie n'était que faux-semblant et simulacre. Comment avait-il dit que s'appelait cet officier nazi déjà ? Et le prénom de la petite fille ? Il ne l'avait même pas demandé. Le vrai prénom de Cathy ! Il était marié à une femme qui n'était pas celle qu'elle prétendait être, mais peut-être plutôt n'était-elle pas la personne qu'elle croyait être. Quelle part de vérité détenait-elle ? Et Raymond ! S'il n'était pas réellement le père de Cathy, qui était-il ? Jusqu'où allaient ses mensonges ? Difficile de croire qu'il ait inventé cette histoire simplement pour protéger une orpheline qu'il aurait recueillie. Emmanuel voulait bien être un naïf, mais là, la pilule était difficile à avaler. Et cette agressivité quand il avait appris que Dupretz enquêtait. N'était-ce pas la réaction d'un coupable ? Et pourquoi diable Cathy avait-elle vendu ce maudit tableau sans même lui en parler ? Elle n'avait jamais manqué de quoi que ce soit depuis qu'ils étaient mariés... Alors pourquoi ? Et quel jeu avait-elle joué la veille en feignant d'accepter qu'il lui prête de l'argent ? A quel point le menait-elle en bateau ? Tout au moins n'aurait-elle pas remis le tableau sur le marché si elle avait connu le danger qu'il représentait. Il espérait que cette idée la dédouanait de tout lien avec ces criminels. Mais Raymond ? Il faudrait qu'il ait une discussion avec son beau-père. Emmanuel devait prendre le temps d'y réfléchir avant de tout risquer. Il pensa à Maître Delpoux. Le vieux. Son père. Qu'aurait pensé ce gaulliste résistant de la première heure s'il avait su que son petit fils était le descendant d'un nazi ? Non, il ne fallait pas qu'il y pense ainsi. Louis n'avait rien à voir avec toute cette histoire.

L'interphone sonna.

– Monsieur Delpoux, votre rendez-vous suivant est là, Monsieur Lavigne et Mademoiselle Vergnes.

Il les reçut sans prendre le temps de mettre de l'ordre sur son bureau ni dans sa tête.

Il expédia le jeune couple qui était venu le consulter à la veille de leur mariage. Il n'avait pas le cœur à leur prodiguer le moindre conseil patrimonial et n'avait dressé du mariage qu'un tableau noir et menaçant, ne prenant en considération que les risques de trahison et le besoin de se couvrir au maximum par contrat avant de sauter le pas. Les pauvres amoureux étaient repartis totalement déstabilisés.

Il saisit son téléphone et composa le numéro de son domicile, le premier de la longue liste de ceux qu'il connaissait par cœur. La sonnerie dura éternellement, sans réponse. Où était-elle encore partie ? Il saisit sa veste et sortit en trombe. Marilyne eut à peine le temps de le prévenir que Monsieur Dupretz souhaitait le voir en début d'après-midi. « Il passera à quatorze heures » lui cria-t-elle pendant qu'il s'engouffrait dans sa Renault et démarrait sitôt la portière fermée. Il roula vite. En passant devant le bosquet de Malepuis, il serra les mâchoires.

Il se gara en travers de la cour, descendit sans fermer sa portière et courut vers le salon. Il voulait savoir, il lui fallait vérifier. Dans la haute bibliothèque en chêne, il attrapa le plus vieil album photo de la famille et l'ouvrit à la première page. Cathy enfant. Si blonde, si souriante, si belle. C'était bien la même petite fille que sur la photo de ce nazi. Mais plus vieille d'un ou deux ans. Pas une photo d'elle à la naissance, pas une photo d'elle avec sa mère. Comme si ses trois premières années avaient été effacées. « La guerre » avait dit Raymond. La belle excuse !

Et cette photo ! Raymond et sa soit-disant épouse. Comment expliquer que Cathy ne ressemblât à aucun de ses deux parents et tant à la femme du nazi ? Morte en couche, cette pauvre épouse aimée au point qu'il n'ait jamais refait sa vie après la guerre. La belle excuse ! Qu'y avait-il de vérifié ou de seulement vérifiable dans ce qu'avait affirmé Raymond ? Sa naissance à Hanovre en 1917, sa jeunesse communiste. Rien n'était prouvé. « La guerre » aurait dit Raymond. La belle excuse !

Il s'avança vers le tiroir de droite du grand bureau. Chacun le sien. Lui rangeait ses papiers dans celui de gauche. Il avait toujours considéré celui de droite comme territoire de Cathy. Il prit une grande respiration et l'ouvrit pour la première fois. Quel fatras ! Sur le dessus, une fleur séchée qu'il ne se rappelait pas lui avoir offerte. Puis quelques lettres d'amies, froissées, aux papiers vieillis, comme si elle ne recevait plus de correspondance depuis longtemps... ou ne la rangeait plus ici. Dessous, enfin, le petit classeur demi format de ses relevés de compte. Il chercha ceux correspondant au numéro qu'il avait trouvé dans le porte feuille de Nadia Moreno. Chaque mois, comme seule entrée, le virement qu'il lui faisait. Puis soudain, un chèque de cent cinquante mille francs. Les larmes lui montèrent aux yeux. Voilà qui expliquait que l'enquêtrice ait relevé ce numéro de compte, voilà qui prouvait que Cathy lui cachait des choses. Et pas des moindres.

Il replaça méticuleusement tout ce qu'il avait sorti du tiroir. Puis il revint à la bibliothèque. Avant de remettre l'album à sa place, il l'ouvrit à la dernière page. Une photo de Louis en train de rire des chatouilles que lui faisait sa mère. L'image d'un bonheur qui maintenant lui filait entre les doigts.

Il resta immobile et silencieux, avec juste une immense envie de pleurer comme un gamin.

Bon Dieu, mais qu'est-ce qu'elle me cache ?

Il écrasa d'un doigt nerveux la première de ses larmes.

Qu'importe, c'est ma femme et la mère de mon fils, ça c'est sûr, et je ne laisserai personne me la prendre. Personne. Même pas elle.

25

Il régnait une sacrée ambiance à l'Hôtel du Progrès. Quand Maurice Dupretz descendit pour prendre son petit déjeuner, Monsieur Granier et quelques autres habitués devisaient politique. Enfin, les quelques autres échangeaient leurs pronostics sur les élections à la Chambre de Commerce et Monsieur Granier approuvait comme à l'accoutumée avec quelques grognements lotois. Ça parlait haut et fort et l'atmosphère était déjà parfumée au petit blanc.

– Alors un kawa et deux croissants de chez Trémoulin, comme d'habitude, Monsieur Dupretz ?

– Hum hum, c'est ça.

– Bien dormi, j'espère !

– Hum hum, ça va, ça va, répondit le détective qui voulait se faire discret et éviter d'être entraîné dans une discussion de comptoir qui ne l'intéressait pas.

Un gars en blouse bleue, boutonnée jusqu'au col braillait en agitant son verre :

– Tu as vu son comportement pendant la guerre 39 ? Moi je dis que ça inspire pas confiance.

– Qu'est-ce que tu en sais toi ? lui répondit un autre, tassé sous son béret. T'étais pas né !

– Comment ça j'étais pas né ! Y manquerait plus que ça.

– Eh ouais, t'étais pané... et pour un poissonnier, ça la fout mal. Ha ha ha !

– Ne le prends pas sur ce... thon, commenta un troisième.

– Agregnemeneuh macarel, rajouta Monsieur Granier.

Le type à la blouse posa son verre et se mit à bouder, appuyé au comptoir. Les autres continuaient à rire en chœur, ne lui prêtant plus attention.

Maurice Dupretz regardait tout ce beau monde s'enflammer et se chamailler pour des prunes. Cela lui donnait le loisir de ne pas penser à sa future entrevue avec Maître Delpoux. Il avait plié son affaire en moins d'une semaine, sans vraiment employer les grands moyens.

– Encore un café Monsieur Dupretz ? C'est offert par la maison ! Faut en profiter.

– Vous avez le journal ? demanda le détective.

– Eh ! Ça fera plus cher !

– Je prends quand même.

– Alors vous nous quittez ce matin ? Déjà !

– Je crois que je vais chercher dans un autre coin. Y a pas grand-chose d'intéressant par ici.

– Ah bon ? Maître Delpoux ne vous a pas dégoté un petit havre de paix ?

– Et non. Hum hum... On ne meurt pas assez dans votre pays. Donc pas assez de maisons à vendre... laissa Maurice Dupretz en suspend.

– C'est vrai que si on était plus fourni en tueurs en série dans le coin, vous l'auriez trouvée facilement la maison de vos rêves.

– C'est ça, un bon égorgeur pour activer le marché de l'immobilier. Vous en avez de bonnes idées, y a pas à dire.

Le maître des lieux le regarda ne sachant s'il s'agissait de lard ou de cochon, puis revint au bar où la conversation se poursuivait bon train.

Maurice Dupretz avait la matinée à tuer et, à Lacapelle Marival, en plein milieu de l'hiver les distractions étaient rares. A quatorze heures, il avait rendez-vous avec le notaire et si tout se passait comme prévu, l'enquête serait bouclée. Il se plongea donc dans La Dépêche du Midi pour passer le temps. Mais il n'arrivait à se concentrer ni sur la rubrique des chiens écrasés, ni sur les résultats sportifs des équipes locales.

Il se sentait satisfait de ses conclusions même si certains points restaient un peu dans le flou. Il était évident que Nadia Moreno appartenait au milieu du grand banditisme. *Elle a disparu aussi sûrement qu'elle est apparue, c'est une professionnelle que l'on loue au contrat,* se convainquit Maurice Dupretz qui avait eu l'occasion d'en côtoyer dans son passé parisien. *C'est vrai qu'il faut un certain talent pour piquer un dossier dans le coffre d'un notaire, certes de province, sans laisser la moindre trace. Chapeau ! Cette fille est vraiment une experte et rien ne sert de lui courir après, elle doit déjà être loin sous une autre identité et d'autres latitudes. De toute manière, ce petit notaire est tellement naïf... Et puis j'ai la lettre et ça, ça devrait sacrément le soulager. Le reste passera au second plan, c'est évident. Par contre, et c'est primordial, il faut à tout prix que je me débrouille pour éviter d'aborder la question du numéro de compte de sa femme dans les papiers de Nadia Moreno. Sûr qu'il y a un rapport avec ses coucheries. Mais je vais pas en parler avec le cocu, il risquerait de mal le prendre.* Le détective réfléchissait en sirotant son troisième café. *Ou alors je lui explique que Florac avait un plan B destiné à soudoyer Cathy. C'est ça. C'est une bonne idée. Bon, de toute façon on ne va même pas en parler.*

Marilyne tapait consciencieusement un courrier sur sa machine à écrire quand Dupretz entra dans l'étude.

Il décocha un sourire enjôleur à la secrétaire qui fut tellement troublée qu'elle en oublia le second « l » à « codicille ».

– Oh, zut ! maugréa-t-elle. Heureusement que j'ai mon ruban correcteur.

Dupretz s'approcha et sans la moindre gêne s'assit sur

le bord du bureau de Marilyne, se délectant du trouble visible que son assurance déclenchait en elle.

– Hum hum… Vous savez, Marilyne, – Vous permettez que je vous appelle Marilyne ? – c'est un vrai scandale que votre patron vous fasse encore travailler ainsi en 1982.

– Oh, monsieur Dupretz, comme vous y allez fort ! s'exclama-t-elle pour la forme, ébahie en fait d'autant de sollicitude de la part de ce bel homme qu'elle autorisait mille fois plutôt qu'une à l'appeler par son prénom.

– Savez-vous, ma chère, qu'à quelques petits kilomètres d'ici, votre consœur de la menuiserie Rigal est équipée d'un ordinateur de bureau IBM 5100 ? Il vous faut réclamer la même chose à Maître Delpoux, que diable ! Un matériel de qualité pour une secrétaire de qualité, ce n'est que justice, non ?

– Vous allez me faire rougir, Monsieur Dupretz, minauda Marilyne déjà écarlate.

– Bon ! fit Dupretz comme pour siffler la fin de la récréation, j'ai rendez-vous avec Maître Delpoux. Vous pouvez m'annoncer s'il vous plait ?

– Il va arriver d'un instant à l'autre.

En roulant vers son bureau, Emmanuel se remémorait les reproches de Raymond. Effectivement, quel besoin avait-il eu de pousser ce fouille-merde à s'intéresser à sa famille, sa chère famille, sa famille parfaite ? Il ne savait pas ce que Dupretz avait de si urgent à lui dire, et il était angoissé rien que d'y penser. Il n'avait pas prêté d'attention particulière au coup de fil du détective, hier soir, mais depuis les révélations d'Abensour, il était inquiet. Qu'avait-il découvert ?

Quand Emmanuel entra dans l'étude, il découvrit Marilyne en grande discussion avec le détective. Œillades appuyées, voix plus haut perchée que d'habitude. Elle n'avait pas avec ce client la retenue professionnelle de

rigueur.
– Maître, Monsieur Dupretz vient de m'annoncer qu'il quitte Lacapelle aujourd'hui même.
– Il va me raconter tout cela de vive voix dans mon bureau, se contenta-t-il de répondre d'un ton sec et chargé de reproches. Entrez Monsieur Dupretz, dit-il en s'adressant au détective sur le même ton.
– Hum hum, Soldat Dupretz au rapport, lança-t-il d'un ton enjoué, mimant le salut militaire.
La jovialité du détective retomba quelque peu lorsqu'il remarqua le teint blême du notaire et l'expression grave de son visage.
– Asseyez-vous, je vous en prie, ordonna Emmanuel posément.
Il s'installa dans son fauteuil, prêt à écouter le détective qui déjà cherchait du regard une feuille dont naîtrait sa prochaine cocotte en papier.
– Alors Monsieur Dupretz, vous avez du nouveau ?
– Je viens vous annoncer que l'enquête « Nadia Moreno » est bouclée ! fanfaronna le détective.
– Ah bon ! Vous l'avez retrouvée ?
– Hum hum... Pas exactement. Hum hum... Vous savez Maître Delpoux, il y a de grandes chances pour qu'on ne mette jamais la main dessus. Ces professionnels-là, moi, je les connais. Ils apparaissent et disparaissent sans que vous ayez le temps de vous en apercevoir. Mais celle-là, je sais pourquoi elle s'intéressait à vous.
– Ah ? murmura Emmanuel avec appréhension.
– Voyez vous-même !
Et il extirpa sans attendre de son porte-document le pli « Simerski–Florac » qu'il posa triomphalement devant Emmanuel, à la fois étonné et soulagé.
– Alors là, bravo, Dupretz ! Et où l'avez-vous retrouvé ?
– Hum hum... C'est une longue histoire, en tout cas votre énigme est élucidée, répondit le détective avec sa-

tisfaction. On a toujours raison de s'adresser à des pros, n'est-ce pas, cher Maître ? Hum hum... Mais je crains que mes conclusions soient assez... désagréables à entendre.

– Bon, Dupretz, allez au fait s'il vous plait ! s'impatienta le notaire.

– Voilà : Nadia Moreno a été embauchée par Florac pour récupérer ce document, dit le détective avec assurance, soutenant le regard du notaire en espérant y lire de la reconnaissance.

Emmanuel fut simplement soulagé. Ouf, il n'a rien découvert.

Avant de poursuivre son récit, le détective saisit la feuille blanche qu'il avait repérée sur le bureau et la plia en deux, puis encore en deux, releva un côté... Emmanuel l'observa amusé, comme on regarde un enfant absorbé par son jeu rituel.

– Et bien voilà, Monsieur Delpoux. Tout d'abord, votre Nadia Moreno, fausse journaliste mais vraie cambrioleuse, était donc tout simplement à la solde de Florac, le bétonneur local candidat à la CCI. Et, désolé pour la peine que cela va vous causer, mais si elle a pu parvenir à ses fins, c'est grâce à l'aide de votre ami Rigal.

– Rigal ? reprit Emmanuel. C'est quoi cette histoire ?

– Oui, Florac avait un intermédiaire. Il ne traite pas directement avec les malfrats, vous l'imaginez bien. Et cet intermédiaire, c'est votre ami Rigal.

– Rigal ? Mais enfin vous plaisantez ! On se connaît depuis le collège. Qu'est-ce qui vous permet de porter de telles accusations ? s'offusqua Emmanuel.

– Le fait qu'il m'ait lui-même rendu cette lettre cachetée, dit froidement le détective.

– Quoi ?

– Hum hum... il vous a fait boire plus que de mesure le fameux soir de l'accident pour laisser le champ libre à sa complice.

– Ce n'est pas possible.

– Si, Bernard Rigal vous a fait boire pour laisser à Nadia Moreno le temps d'ouvrir le coffre et de dérober ce qui l'intéressait. Hum hum... Après vous avoir saoulé, il a foncé à Lacapelle Marival, sachant qu'il y serait avant vous. Là, il avait rendez-vous avec Nadia qui lui a remis la lettre. Hum hum. Malheureusement vous êtes arrivé trop vite et vous l'avez renversée. Mais elle n'était pas morte comme vous le croyiez et Rigal qui rôdait dans les parages l'a aidée à disparaître. Ni vue ni connue. Et voilà pourquoi vous n'avez pas retrouvé le corps dans le bosquet lorsque vous y êtes retourné. C'est simple, dit le détective, assez fier des quelques détails qu'il avait mis au point pour rendre plus vrai son scénario.

– Non, pas Rigal, ce n'est pas possible, répétait le notaire.

Puis il s'interrompit, comme s'il cherchait une faille, une incohérence. En fait, malgré la gravité des révélations du détective, il était surtout soulagé qu'il n'ait rien découvert sur sa famille. Dupretz, lui, espérait que le notaire n'évoque pas le numéro de compte de Cathy.

Emmanuel reprit calmement la parole :

– Donc l'enquête est terminée.

– Oui... et je suis désolé pour votre ami, s'excusa presque le détective.

– Je dois vous féliciter pour votre célérité et votre efficacité, ironisa le notaire.

– Merci. Bon... Bien... Hum hum.

– Oui ? demanda Emmanuel.

– Et bien voilà, notre affaire est bouclée, donc... dit Maurice Dupretz.

– Donc, vous attendez votre chèque, je présume ?

– Euh oui, répondit Maurice Dupretz qui se demandait où le notaire voulait en venir.

– Je vous dois combien déjà ? demanda faussement Emmanuel pour déstabiliser un peu plus le détective.

– Hum hum... Trente cinq mille, répondit sobrement Dupretz sans se démonter, mais à qui il tardait de filer. Cinq jours à trois mille, plus euh...

– Je sais compter, coupa sèchement le notaire.

Emmanuel prit tout son temps. Il sortit le chéquier de son tiroir, l'ouvrit méticuleusement et rédigea le chèque avec une lenteur pesante. Il le signa et le tendit du bout des doigts au détective.

– Merci Maître Delpoux, dit Maurice Dupretz, glissant le chèque dans la poche de son manteau comme un vulgaire mouchoir. Hum hum... Nous avions aussi convenu que le Simenon accompagnerait le chèque...

Le notaire esquissa un sourire acide.

– Oui, mais il y avait une condition : il fallait retrouver Nadia.

Dupretz comprit immédiatement qu'il ne servait à rien d'argumenter : il devrait faire le deuil du précieux roman. Emmanuel se leva et lui serra froidement la main.

– Au revoir et merci Monsieur le Détective, conclut solennellement Emmanuel, comme pour se moquer de Dupretz qui s'était révélé largement en dessous de sa réputation. *À part pour le pli qu'il a retrouvé, je dois l'avouer.*

Il n'eut pas le temps de refermer la porte que déjà Marilyne et le détective avaient repris leur conversation sur le même ton que tout à l'heure.

– Alors vous nous quittez déjà ? C'est bien sûr ?

– Et oui, hum hum... Je prends la route tout de suite.

– C'est bien dommage, on n'a pas si souvent de nouvelles têtes dans le coin, susurra mielleusement la secrétaire.

– Je ne suis pas très loin, vous savez, rajouta immédiatement Dupretz. Hum hum... Si vous passez par Villefranche, je vous offrirai volontiers un café.

– Oh, ce sera avec grand plaisir...

Emmanuel s'agaçait du penchant midinette de sa secrétaire, surtout à son âge. *Heureusement que je la connais depuis longtemps,* soupira-t-il en retournant dans son bureau. *Heureusement mais... puisque Nadia Moreno n'a pas volé le pli... et que seules Cathy et Marilyne connaissent la combinaison du coffre... qui l'a dérobé ? J'étais quand même pas saoul au point de ne pas me rappeler si j'ai refilé le code à Bernard. Je crois qu'une petite explication entre amis s'impose. Et on ne va pas l'arroser de whisky cette fois. Quel con ! Si sa pauvre femme était encore là, il ne m'aurait jamais trahi, j'en suis sûr.*

Emmanuel ruminait tout en farfouillant dans un de ses tiroirs. Il en extirpa la notice du coffre-fort. Il l'ouvrit et y déposa la lettre Florac-Simerski. Au moment de refermer, il arrêta son geste. Il devait modifier la combinaison du coffre, cela s'imposait. Tant d'incertitudes persistaient. Il repoussa la date de naissance de Louis, trop évident. La date de son mariage : non. Le numéro d'immatriculation de sa voiture ? Il choisit finalement 300765, jour de sortie aux Etats-Unis de son album fétiche des Rolling Stones, indélébilement inscrit dans sa mémoire.

26

Il était tard. Emmanuel avait eu un après-midi particulièrement chargé en rendez-vous qui lui avaient semblé sans intérêt. Il s'était senti furieux sans avoir la possibilité d'exploser. En écoutant distraitement ses clients, il avait ruminé ce qu'il pouvait reprocher à son beau-père. Il s'imaginait en train de tout casser. Maintenant, il roulait lentement sur la route détrempée. Un orage déferlait sur Lacapelle-Marival et les phares des rares voitures qu'il croisait ouvraient des traînées éblouissantes à travers la pluie. Il pestait contre les éléments tout en les remerciant d'exacerber sa colère. Maintenant, Emmanuel se sentait prêt pour le fracas imminent de ce face à face. Il avait décidé d'attaquer de front. Il ne voulait pas laisser à Raymond la possibilité d'esquiver ni d'utiliser l'ascendant qu'il avait en tant que père de substitution.

Il se gara dans la cour, remarqua la lumière allumée dans la salle de bain et courut sous la pluie jusqu'à l'entrepôt.

Il monta l'escalier quatre à quatre et tambourina à la porte.

– Raymond, il faut qu'on parle, lança-t-il autoritairement.

– Et bien entre, qu'est-ce que t'attends ?

Son beau-père était torse nu devant le miroir, en train de soigner une vilaine plaie au bras. Il posa la bouteille d'eau oxygénée et le morceau de coton hydrophile puis se retourna vers son gendre tandis qu'une goutte de sang perlait à sa blessure.

– Alors fils, tu ne fais plus la bise ?

Il vit la dureté dans le regard d'Emmanuel et décida de tenter un sourire :

– Et bien Manu, qu'est ce qu'il y a ? Tu as encore écrasé un chat sur ta route ?

– Je ne suis pas là pour rigoler. J'ai des questions sérieuses à te poser. Qui sont les parents de Cathy ?

– Qu'est-ce que c'est que cette question idiote ?

– Tu ferais mieux de me répondre, menaça-t-il. En arrêtant tes blagues et tes balivernes. Parce que, tu vois, je ne remarquais plus depuis longtemps ton petit accent germanique, et aujourd'hui, bizarrement, il m'irrite les oreilles. Parce que je... je viens... Bon sang, par où commencer ? ragea-t-il. Je viens de voir une photo du tableau que tu as donné à Cathy, avec une famille devant. La famille d'un officier nazi. Et une petite fille. Blonde. Je l'ai reconnue. Alors tu ne me mens plus maintenant !

Raymond hésita quelques secondes avant de répondre. Un coup de tonnerre claqua aux alentours et l'intensité de la lumière faiblit un instant.

– Bon, mon grand, je crois qu'il vaut mieux qu'on aille s'asseoir. La conversation peut être longue.

– On est très bien ici, asséna Emmanuel pour ne pas lui laisser la moindre initiative.

– Tu sais, la guerre, c'était une période troublée. Et bien prétentieux celui qui voudrait l'expliquer à quelqu'un qui ne l'a pas vécue. Rien n'est aussi simple que la...

– Arrête ! Arrête avec tes discours à la con. Réponds moi, es-tu un de ces putains de nazi ?

– Non.

– Encore une de tes affirmations qu'il faudrait qu'on gobe comme parole d'Evangile. Mais c'est fini ça. Je ne vais pas me contenter de ce que tu me racontes. Ça suffit ! Tu reconnaîtras que ta fille et le tableau sur la photo d'un nazi, ça fait beaucoup comme preuves.

– Comme preuves ? Tu l'as où cette photo ?

– Je ne l'ai pas. On me l'a montrée ce matin.

– C'est ton fouille-merde ?

– Non. Un flic. Alors tu me dis la vérité, toute la vérité, ou c'est avec lui qu'il te faudra t'expliquer...

Emmanuel tentait un bluff, espérant voir Raymond se déballonner. Mais le vieux en avait vu d'autres. Les menaces avaient le don de lui redonner du poil de la bête.

– Ah bon ! Tu veux faire le malin ! Tu voudrais que ton flic se mêle de nos histoires... de celles de Cathy... T'es sûr, dis, t'es sûr ?

Il avait maintenant un air hautain qui insupporta Emmanuel un peu plus.

– Bon, hurla-t-il, tu vas me répondre oui ou merde ?

– Oh, pas la peine de te mettre dans des états pareils, fils. Tu sais, on est dans le même camp toi et moi.

– Je n'en suis plus certain.

– Bon, alors je vais tout te dire, et après tu te calmeras. Je savais qu'un jour ou l'autre, il faudrait que je le raconte. Autant que ce soit à toi.

Il prit une grande inspiration, son regard se brouilla et il reprit :

– Sur la photo, tu as vu Günter Heineman et sa femme Gertrud. Et leur fille Katarina... Oui, leur fille. Mais laisse moi tout te raconter. Günter a fait ses études en Suède à Göteborg. C'est là que je l'ai rencontré, à la Göteborgs Universitet. La deuxième année, nous avons emménagé chez la même logeuse, la veuve Bergström. Gertrud était sa nièce. Elle était magnifique et légère comme un papillon. Günter et moi, nous lui avons fait une cour de chaque instant. Nous nous la sommes disputée. Mais nous étions les meilleurs amis du monde et nous n'avons pas voulu tout gâcher. Ça n'a tenu qu'à une partie d'échecs. La partie la plus dure de ma vie. Finalement, c'est Günter qui a gagné le droit de l'épouser. Ils se sont mariés...

Il s'interrompit. Ses yeux s'étaient embués.

– Cathy est tout ce qui me reste de Gertrud.

Ce vieux bonhomme qui passait aux aveux était désarmant. Mais rien ne semblait pouvoir attaquer la détermination d'Emmanuel.

– Il faut que je sache. Toi aussi, tu étais nazi ?

– Non. À l'époque, on devenait nazi par simple intérêt, parce que ça pouvait servir notre carrière.

– Mais tu l'as été ?

– Non. Günter oui. Mais pas moi.

– Alors le père de Cathy était un nazi, dut admettre Emmanuel. Le grand-père de mon fils...

– Günter n'était pas vraiment nazi. Pas dans ses convictions. Il est juste devenu officier parce que ça lui permettait de faire vivre sa famille. Mais il ne partageait pas leur idéologie.

– Et le tableau ? Il l'avait volé à des juifs...

– Ah... J'espérais que tu ne le savais pas, avoua Raymond.

– Putain ! Tu continues à me manipuler ! fulmina Emmanuel.

– Bon, si tu penses être assez solide pour tout savoir... J'étais marchand d'art. Ça marchait moyennement. Jusqu'à l'arrivée des nazis. Günter détournait quelques œuvres qu'il raflait à des juifs. Il me les faisait parvenir en Suède et je les revendais au mieux. Et puis on se partageait le bénéfice, tout simplement. Tu sais, quand son stratagème a été découvert, lui et sa femme ont été exécutés par les nazis.

– Être condamnés par des salauds ne veut pas dire qu'on en est pas un.

– Ils ont juste eu le temps de me confier Katarina... et le tableau de Beckmann, c'était leur préféré. Mais Günter n'avait rien contre les juifs, tu sais. C'était l'époque qui voulait ça.

– Je n'arrive pas à croire que tu lui trouves des excuses, enragea Emmanuel. Quand je pense que mon père t'a accueilli chez lui ! Qui es-tu pour oser absoudre les nazis de leurs crimes ?

– Je ne suis que Björn Svalneson mon grand, modeste marchand d'art. Et oui, c'est mon vrai nom. Björn Svalneson. Sval-ne-son, insista-t-il en s'attardant sur la prononciation de chaque syllabe.

– Tu es aussi coupable que tes amis. Tu mériterais de...

L'idée était tellement grave qu'Emmanuel n'arriva pas à la formuler. Il resta bouche bée.

Le tonnerre en profita pour frapper plus près encore. Et la lumière s'éteignit. Ils restèrent dans l'obscurité. Immobiles. Puis une allumette craqua et Raymond alluma une chandelle. Il s'approcha, le visage seulement éclairé par la petite flamme qui faisait onduler ses traits et les rendait étrangement tortueux.

– Tu sais fils, tu ne devrais pas me parler avec tant de mépris. Sans doute ne suis-je pas totalement innocent... Mais je sais que tu ne me dénonceras pas. Tu ne voudras rien déclencher qui pourrait salir Cathy ou ton fils, le petit-fils de ton résistant de père. Alors, finalement, tu sais tout mais ça ne changera rien. Nous resterons une famille unie.

– Ça suffit. Tu ne vas pas une fois de plus jouer au patriarche qui décide de tout, protesta Emmanuel.

– Tu comprends bien que certaines choses doivent rester entre nous. Nous avons tous nos secrets, et je ne suis pas le plus mal loti de nous deux. Car moi, je n'ai tué personne !

– Quoi ? Qu'est-ce que tu veux dire ?

– Mon pauvre, que tu peux être naïf... Tu n'as réellement rien compris ? Tu ne t'es pas dit que la disparition de ton inconnue au bord de la route avait quelque chose de magique ? Que tu devais avoir un ange gardien ? Et tu ne t'es pas dit que ton ange gardien, forcément, c'était moi ?

– Que... Tu mens... Tu mens..., bafouilla Emmanuel.

Il avait blêmi et ses lèvres ne lui obéissaient plus.

– Et oui mon cher, tu voulais des révélations, en voilà une : le notaire de Lacapelle Marival est un assassin. Toi, tu as tué cette fille et moi, je dois faire disparaître les traces de ton crime. En cela nous sommes éternellement liés.

Emmanuel sentait ses jambes se dérober sous lui.

– Tu mens ! Tu mens. Tu n'as fait que ça toute ta vie !

– Mais quoi, petit morveux ? Tu veux encore me faire la morale ? Tu veux que je te donne aux gendarmes, à ton copain Lalanne ? Il va bien se marrer en écoutant ton histoire... Si tu veux, je te montre le corps... Parce que... je n'ai pas encore trouvé ce que je pouvais en faire. Il est dans mon congélateur.

À ces mots, Emmanuel se précipita vers la cuvette des toilettes et vomit.

– Bon, fils, finalement, te raconter tout ça, ça m'a libéré d'un poids. Dans le fond, t'as bien fait de venir. Je vais te laisser maintenant, je crois qu'il vaut mieux que j'aille voir quelqu'un pour cette blessure. Pense à tirer la chasse avant de partir, et à dimanche midi pour le gigot, dit Raymond en sortant.

Épilogue

Un rayon de soleil traversa la fenêtre et se refléta dans le miroir. Dupretz fronça les sourcils, ébloui, mais eut un sourire de satisfaction. Les beaux jours qui revenaient enfin lui permettraient de porter son chapeau, accessoire incontournable de la profession. Il le décrocha du porte-manteau où il avait passé l'hiver, l'essuya délicatement de sa manche pour en ôter la poussière qui aurait pu s'y déposer et l'ajusta avec soin sur sa tête, en fignolant l'inclinaison. Satisfait du résultat, il enfila son pardessus et sortit. Il s'assit au volant de sa 403 et fila vers Villefranche.

Il déambula un moment dans les rues ensoleillées de la ville, savourant la lumière du printemps balbutiant. Il ne put s'empêcher de soutenir le regard de chaque femme qu'il croisait, comme pour y chercher l'effet que pouvait exercer sur la gent féminine l'élégance de son couvre-chef. Il ne croulait pas sous le travail et savourait le luxe de prendre son temps, comme tous les jours. Son train de vie relativement modeste n'entamait pas trop les économies accumulées à l'époque où il avait géré le transfert de la rançon du député Parmentier. Son fameux pécule, son capital retraite, ce gros tas de billets de banque qui dormait soigneusement rangé dans une des malles en fer de son grenier. Enquêter était finalement devenu un passe-temps.

Il était en avance pour son rendez-vous. Il fit un détour par le tabac presse avant d'aller prendre un café au Globe, son bar de prédilection. Il balaya du regard les gros titres des quotidiens nationaux mais choisit finalement l'édition lotoise de *La Dépêche du Midi*. Depuis la fin de l'enquête Delpoux trois mois auparavant, il la lisait de temps en temps pour prendre des nouvelles de Lacapelle Marival.

Il s'installa en terrasse et ouvrit le journal. La première page annonçait le bombardement de la capitale des Malouines par la Royal Air Force. Mais il n'y prêta pas vraiment attention. Ce n'était pas l'actualité internationale qu'il allait chercher dans les colonnes de ce quotidien.

– Un petit noir, comme d'habitude ? demanda le serveur du Globe.

– Hum hum... Non, Daniel, c'est déjà cinq heures, c'est un peu tard pour un café. Mets-moi plutôt un demi, répondit Dupretz. On va commencer comme ça. On verra après...

– Après ? répéta le serveur.

– Oui, en fait, j'attends quelqu'un.

– Ah, je comprends ! fit Daniel d'un air entendu.

Dupretz attaqua avec intérêt la partie lotoise de *La Dépêche du Midi*. Il faut dire que dès le premier journal acheté, un mois après la fin de son enquête, il avait appris la mort accidentelle de Bernard Rigal, retrouvé carbonisé dans son break Mercedes au fond d'un fossé, près du lieu-dit Caubert. L'article avançait l'hypothèse d'un lien possible entre ce drame et une brusque dégradation de la situation économique de la menuiserie de la victime qui venait de perdre son principal client, l'entreprise Florac S.A. L'événement n'avait pas surpris un Maurice Dupretz peu convaincu par la thèse de l'accident de voiture. *Il est des engrenages dans lesquels il ne fallait pas mettre le petit doigt, mon pauvre Rigal,* avait-il sobrement conclu.

Quelques semaines plus tard, tout en sirotant son café matinal au Globe pendant que l'Aveyron coulait des eaux tumultueuses à quelques dizaines de mètres de là, c'est une actualité beaucoup moins dramatique que le détective avait découverte en première page. Une photo témoignait de la prise record d'un brochet de 104 centimètres et de plus de 10 kilos, porté à bout de bras par un pécheur d'exception du nom d'Augustin Granier, dans lequel Dupretz reconnut aussitôt le pilier de bar de l'Hôtel du Progrès où il avait résidé pendant son enquête. Le journaliste avait réussi à noircir une demi page sur l'auteur et les circonstances de cette pêche miraculeuse. Dupretz fut étonné que le gratte-papier ait pu comprendre les réponses inarticulées du pêcheur émérite. Il avait souri en imaginant à posteriori le flot de « milodiou », de « macarel » et autres borborygmes franco-occitans que le brave Granier avait dû déverser pendant sa lutte épique contre le monstre des rivières dont il avait fini par triompher. *J'imagine l'apéritif qui a suivi au bar du Progrès !* se dit Dupretz... et il se félicita d'avoir épargné à son foie un tel déluge de pastis.

Alors que le serveur posait son demi de bière sur le guéridon, le détective oublia immédiatement les exploits halieutiques de Monsieur Granier en découvrant la « une » du jour. L'expression de son visage devint grave. Il y était question d'eau également, mais le fruit de cette pêche-là s'était avéré tout autre. Le titre de l'article barrait la première page : « Le corps d'une jeune femme découvert dans un étang près de Lacapelle Marival. Les explications de la Gendarmerie en exclusivité ». Au-dessus du texte, une photo montrait un camion de pompiers stationné près d'un bâtiment délabré. Une demi douzaine de gendarmes se tenait autour d'un brancard posé au sol et recouvert d'une couverture noire. Sur la droite de la page était reproduite la photo d'identité de la victime.

Dupretz la reconnut et lut attentivement l'article, particulièrement l'interview du brigadier Lalanne qui avait mené les opérations. Il relatait que deux adolescents avaient « emprunté » la vieille barque de bois amarrée sur la rive et y avaient découvert une écharpe jaune maculée de sang. Les jeunes gens avaient pris peur et alerté la gendarmerie. Le brigadier avait immédiatement fait le rapprochement entre cette découverte et la disparition d'une jeune femme au début de l'année. Il avait fait analyser l'écharpe et un brin de laine trouvés dans le sac à main de la disparue. Le lien avait été formellement établi.

Un ratissage de l'étang avait permis de repêcher le corps au fond de l'eau, lesté par trois parpaings de ciment. Mais la véritable identité de la victime restait pour l'instant inconnue, les papiers présents dans le sac à main s'étant avérés faux. Le gendarme lançait donc un appel à témoin concernant cette jeune femme prétendument dénommée Nadia Moreno.

Dupretz replia le journal avec une moue ironique. *On dirait du Simenon ! Grâce à un brin de laine... Et puis quoi encore ? En tout cas, ça y est, il l'a son quart d'heure de gloire, notre pandore ! Ça va le changer des chiens écrasés. Et dans trois mois, il classera le dossier sans suite car il n'aura aucune info supplémentaire, c'est couru d'avance.* Il posa à côté de son verre la note du serveur délicatement transformée en cocotte. *Et oui, c'est très bien de retrouver les corps, mon petit Lalanne, mais c'est encore plus fort de savoir pourquoi les gens sont morts. Pour ça, faudrait boxer dans la même catégorie que Maurice, monsieur le petit brigadier de province. Tu vas peut-être recevoir une médaille en chocolat ou une barrette de plus mais jamais tu ne sauras que Nadia Moreno est morte comme Bernard Rigal est mort, juste parce que Florac élimine ceux qui en savent trop. Là où ils sont tous les deux, ils ne le gêneront plus...* Il ne put s'empêcher de penser que si Florac s'était mis en tête de récupérer à tout prix son enveloppe, Emmanuel Delpoux serait fort probablement le prochain sur la liste. *Il faut que j'avertisse le notaire...*

Tout à ses pensées, le détective n'avait même pas remarqué une présence près de sa table.

– Alors, Maurice, on est dans la lune ? On ne dit plus bonjour ?

– Oh, tu es là ? Hum hum, je ne t'ai pas entendue arriver.

– J'aime bien ton chapeau, murmura Marilyne en laissant traîner un doigt nonchalant sur les contours du couvre-chef.

Le détective se leva et déposa un tendre baiser sur les lèvres de sa compagne.

Maquette et mise en page
Cécile KIEFER
Achevé d'imprimé en Septembre 2020
sur les presses de COPY-MEDIA
(33610 – CANEJAN)

Imprimé en France
N°ISBN : 978-2-9567841-1-1
Dépôt légal : Septembre 2020